SV

# Max Frisch
# Antwort aus der Stille

Eine Erzählung
aus den Bergen

Mit einem Nachwort
von Peter von Matt

Suhrkamp

*Antwort aus der Stille. Eine Erzählung aus den Bergen* erschien erstmals 1937
in der Deutschen Verlags-Anstalt Stuttgart/Berlin

Erste Auflage dieser Ausgabe 2009

Satz: Hümmer GmbH, Waldbüttelbrunn
Druck: Pustet, Regensburg
Printed in Germany
ISBN 978-3-518-42128-4

1 2 3 4 5 6 – 14 13 12 11 10 09

# Antwort aus der Stille

Es ist ein Tag, wie er zum Wandern kaum schöner sein kann, ein blauer und nicht allzu warmer Tag. Wie weiße Watte hängen die Wolken über dem Tal, ganz still, und in den Wiesen zirpen die Grillen. Noch ist es Sommer; nur daß das Licht, das über den Feldern flimmert, schon eine goldene Milde hat, und es genügt ein einzelnes Blatt, das einmal am Wege liegt und braune Ränder hat, und man denkt an den Herbst, obgleich noch alles grün ist, obgleich die bunten Schmetterlinge flattern und das reifende Korn noch an den Hängen steht.

Schon seit Stunden hat sich der Wandrer kaum eine Rast gegönnt; er hat sein Hemd ausgezogen und trägt den Rucksack auf den bloßen Schultern, die braun sind und glänzen. Es ist ein schwerer Rucksack, beladen mit Seil und Steigeisen, mit Schlafsack und Zelt; auch die Mauerhaken fehlen nicht, und wer immer ihm begegnen würde, erriete es auf den ersten Blick, daß er offenbar Großes vorhat, dieser Wandrer mit dem strammen Schritt und dem Pickel in der schwingenden Hand …

Aber es begegnet ihm ja niemand.

Es ist ein stilles und einsames Bergtal, manchmal hört man wieder den Bach, der in den Schluchten tost, oder es geht an den hohen Felsen vorbei, wo das Wasser in stäubenden und silbernen Schleiern niederfällt.

Das ist alles noch wie damals, wie vor dreizehn Jahren; damals ging er mit seinem älteren Bruder, der ihm mancherlei zeigte und erklärte, zum Beispiel, wie ein solches Tal entstünde, wie sich die alten Gletscher langsam eine breite Mulde ausgeschliffen hätten, gleichsam wie ein Hobel, und an den Felsen zeigte er die Gletscherschliffe, die es bezeugen konnten, und wenn man in die Weite blickte, erkannte man auch die Terrassen eines alten und höheren Talbodens. Und dann erst, sagte sein erwachsener Bruder, sei der Bach gekommen, der sich die schmalen Schluchten sägte, in vielen Jahrtausenden natürlich.

Daran erinnert sich der einsame Wandrer nun, als er diese Felsen wiedersieht. Damals war er ja noch ein Bub, und man hatte noch das jugendliche Gefühl, daß man ein unabsehbares und fast endloses Leben besitze, und vielleicht war es das erstemal, hier an dieser Stelle, daß er sich wie eine Eintagsfliege vorkam –

Damals vor dreizehn Jahren.

Einmal kommt ein holpernder und ächzender Karren des Weges, und man muß zur Seite treten, solange der Staub aufwirbelt und in weißen Fahnen über die Wiesen sinkt.

Auch an den kleinen Brunnen, der später am Wegrand steht, erinnert sich der einsame Wandrer noch; das muntere Plätschern ist nicht älter geworden, und auch diesmal trinkt er von dem eiskalten Wasser, das manchmal einfach ausbleibt, dann gluckst und sprudelt es wieder um so toller. Köstlich erfrischt es die Stirne, die er unter die Röhre hält; auch die braunen Arme taucht er nochmals in den vermoosten Holztrog, bevor er wieder seinen Pickel ergreift, und bald sind die schwarzen Tropfen auf seinen Schuhen abermals verstaubt und verschwunden.

Vielleicht weiß er selber nicht, warum er sich keine Rast gönnt, trotzdem er eigentlich Zeit genug hat. Oft blickt er nur auf seine wandernden

Schuhe und schaut nicht, was links und rechts ist, wie ein Mensch, der eben ein starkes Ziel hat oder jedenfalls meint, daß er eines habe, und der nun einzig und allein noch an dieses Ziel denkt …

Immer einsamer wird dann der Weg. Kaum daß sich noch einmal eine Hütte zeigt. In den Feldern summt der Mittag, und später, wenn es am wärmsten ist, hört man dann und wann ein dumpfes Rollen, das irgendwo über dem Tale verhallt, ein Steinschlag in den Bergen, wie immer um diese Stunde.

Auch das ist noch wie damals.

Oder vielleicht denkt der einsame Wandrer auch zurück; es ist ein langes Tal, und dreizehn Jahre sind eine lange Zeit, und immer weiter wandert er in seine Erinnerung hinein. Manches läßt ihn lächeln, ganz schwach, sei es aus Scham oder aus heimlichem Neid: bei dieser hölzernen Brükke war es, wo er seinem erwachsenen Bruder, der damals gerade verlobt war, so jugendlich offen und unverfroren erklärte, heiraten sei gewöhnlich, und er würde niemals heiraten, der Siebzehnjährige; denn er wäre kein gewöhnlicher Mensch, sagte er, sondern ein Künstler oder ein Erfinder oder so. Es war das erstemal, daß er dies einem Menschen anvertraute, damals bei dieser hölzernen Brücke, und sein erwachsener Bruder fragte nur, welche Art von Künstler er denn wäre, was er denn schaffte? Und das war natürlich eine Frage, die den Jungen damals sehr verletzte, da er sie nicht beantworten konnte; denn er hatte ja noch nichts geschaffen. Man fühlte nur, daß man kein Mensch wie alle andern war, wie sein erwachsener Bruder zum Beispiel, der verlobt war und den er darum als Inbegriff des gewöhnlichen Menschen verachtete ...

Auch durch Wald geht es manchmal, wo eine moosige Kühle herrscht und wo es nach Schwämmen riecht oder nach Harz. Graugrün hängen die Flechten an den Ästen, wie uralte Bärte, die sich im Winde leise bewegen, und zwischenhinaus blickt man immer wieder über das verblauende Tal.

Sein Bruder hat später geheiratet und ist nach Afrika ausgewandert, wo er eine Farm hat und viele Kinder, und er, der Jüngere, hat unterdessen weitergehofft und weitergeplant, während ihm die Jugend zwischen den Fingern zerrann. Aus dem Erfinden ist natürlich nichts geworden, trotz der vielen Tage, die er auf dem Estrich verbrachte, und dann versuchte er es auch als Schauspieler, dann mit dem Pinsel, dann mit der Geige. Und einmal kam auch der Tag, wo man einfach aus der Schule weglief, weil man vielleicht ein großer Entdecker wäre; aber er entdeckte damals nur, daß sein Geld nicht lange reichte und daß auch das ein Irrtum war, und man war oft verzweifelt, wie es sich für außergewöhnliche Menschen gehört; aber sein Leben hat er sich nie genommen. Noch konnte man ja sagen: Du bist erst zwanzig, und noch war alles möglich, und wie war man stolz darauf, daß noch alles möglich war! Später hieß es, fünfundzwanzig Jahre wären ja noch kein Alter, und man las gerne von Menschen, die mit fünfundzwanzig Jahren noch nichts geleistet hatten, was ungewöhnlich war, und denen es die Umwelt auch nicht zutraute, daß sie diese oder jene Werke gleichsam in der Tasche trugen. Zwar wußte man noch immer nicht, welcher Art diese kommenden Werke sein sollten; indessen trug man Hüte und Krawatten, wie sie keinem gewöhnlichen Bürger einfallen konnten, und wenn auch manchmal die Angst kam, daß man lächerlich wäre oder vielleicht sogar verrückt, lächerlicher und dümmer und schlechter und wertloser als alle Menschen dieser Erde, so war es wohl ein schmerzlicher Gedanke, aber noch kein trostloser; denn noch war ja die Süße darin, daß man mindestens auf diese Weise ein besonderer Mensch sei, vielleicht ein Verbrecher, und erst als man auch im Schlechten nichts leistete, was andere nicht ebenso konnten, wuchs eine neue und trostlosere Angst, daß es vielleicht überhaupt ausbleiben könnte. Einfach ausbleiben. Eine Hast kam seither in alles Beginnen, eine Ungeduld und ein fieberhafter Ehrgeiz, der ja selten fruchtbar ist. Man kann es in der Tat nicht glauben, daß soviel Sehnsucht, soviel jugendliche Zuversicht, soviel Gefühl und soviel stolze Worte einfach nichts sind, fruchtlos und gewöhnlich. Einmal muß es sich erfüllen, daran glaubt er noch immer, auch wenn er langsam älter und in seinem Reden verhaltener geworden ist. Eine Gnade läßt sich ja nicht zwingen, das hat man langsam eingesehen, und man lernt Geduld, auch wenn es ihm mitunter schwerfällt. Zumal unter Menschen, die ihn nur nach seiner Gegenwart werten, nicht nach seiner Zukunft. Aber man schweigt und wartet, und während man wartet, tut man, was eben die gewöhnlichen Menschen tun; man lächelt natürlich im geheimen, denn man weiß, daß man nur so tut und daß man nicht gewöhnlich ist, man weiß, daß man eigentlich wartet, nur wartet auf das Besondere, auf den Aufbruch, auf die Gnade, auf die Erfüllung, auf den Sinn ...

Unterdessen ist das Tal immer enger und steiler geworden; es gibt nur noch einen Saumpfad, und zwischen den rostroten Föhren, die am steilen Hange stehen, schimmert auch schon der bläuliche Gletscher, dessen breite und zerrissene Zunge in die Tiefe hängt, und immer dünner wird dann das Tosen des Baches, je höher man steigt.

Aber wer einsam wandert, denkt eben immer wieder an allerlei; es ist, als begleite ihn ein Siebzehnjähriger, der ihn fragt, und als schulde man ihm Rechenschaft, als müsse man sich erzählen, daß man alle Schulen bestanden hat, sogar sehr gut, und daß man demnächst selber Lehrer sein wird, daß man eine gute Stelle hat, daß man Doktor ist und Leutnant und verlobt ...

Als er einmal auf einem Felsen sitzt, den offenen Rucksack zwischen den Füßen, hält er eine ganze Weile seinen trockenen Becher in der Hand, als habe er seinen Durst vergessen; es ist neben einem gischtenden und schäumenden Wasser, das über den Weg stürzt, und er blickt in das dunstige Tal zurück, wo schon die Schatten steigen.

Das also ist mein Leben, denkt er immer wieder und findet, daß es kein Leben sei, sondern nur ein Dasein.

Später hält er seinen Becher unter einen Wasserstrahl, so, daß es aufspritzt, und leert ihn zweimal, und dann verfolgt er einen Raubvogel, der über den Felsen kreist, lautlos und in großen Schleifen, fast ohne Flügelschlag. Der Himmel wird übrigens schon blasser, schon abendlicher, und über den geschnittenen Matten, die steil ins Tal hängen, ist ein feuchter und hauchdünner Schleier, kaum sichtbar, aber man spürt, wie wieder ein Jahr vergeht ...

Einmal, als er seinen Rucksack wieder auf die Schultern geschwungen hat und weitersteigt, begegnet ihm auch ein Bergler, der gerade den steilen Weg herabkommt und ein Lasttier am Strick führt, einen Maulesel, der ein wankendes Räf auf dem mageren Rücken trägt und stets am äußersten Rand des Pfades geht, wie es ihre Art ist; und der Staub, den die Hufe aufwirbeln, weht noch lange über den Abgrund hinaus und leuchtet in der abendlichen Sonne wie ein glühender Rauch.

Dann gönnt sich der einsame Wandrer keine Rast mehr, bis er an jenen Vorsprung kommt, wo das hölzerne Kreuz steht und man plötzlich den großen Ausblick hat, einen Ausblick über das ganze Tal und an den Berg, dessen Bild ihm schon immer vorschwebte: aber einfach ungeheuer ist dieser Klotz, wie er nun wirklich dasteht, und alles Erinnern ist übertroffen. Seine Spitze ragt über ziehenden Wolken. Man sieht, wie der Grat zerklüftet ist, und die Felsen, die oft als senkrechte Wände dastehen, erscheinen gerade wie glühende Kohlen. Indessen wechselt das mit jedem Augenblick, und bald ist es nur noch ein Verglimmen. Später ist es überhaupt erloschen, und der ganze Berg steht wie eine finstere Schlacke da, und die Wolken, die weiterziehen, sind wie graue und weggeblasene Asche.

Aber noch immer hält der Wandrer, der vor dem hölzernen Kreuz sitzt, seinen Feldstecher vor den Augen und schaut nach dem Nordgrat, den noch nie ein Mensch bezwungen hat ...

Sein Herz pocht.

Es ist nur gut, daß niemand weiß, was er vorhat; man würde ihm sagen, es sei Wahnsinn oder Selbstmord, und man würde ihm nichts sagen, was er nicht selber weiß.

Als er seinen Feldstecher endlich wieder versorgt, dunkelt es schon; aber von diesem Kreuz ist es nur noch eine Stunde zum Dörflein, dessen feines und verlorenes Gebimmel man eben hört, und zum Gasthaus, wo er die Nacht verbringen will, vielleicht auch noch zwei oder drei Tage ...

Denn auch das weiß er, daß sein Wagnis eine ernste Arbeit und Geduld verlangt. Er wird sich nochmals in den Felsen üben, damit er auf den Erfolg hoffen kann, ohne den er nicht heimkehren wird. Es ist sein letzter Versuch, wozu er aufgebrochen ist, und niemand wird ihn daran hindern, nicht durch Bitten und nicht durch Warnen. Einmal muß man sein jugendliches Hoffen einlösen, wenn es nicht lächerlich werden soll, einlösen durch die männliche Tat, und es wird sich ja zeigen, ob es ein leerer Größenwahn war oder nicht, woran man so viele Jahre lang glaubte. Einmal muß man es wagen, die Tat oder der Tod, denn ein Leben, wie es sich anläßt, kann und will er nicht ertragen, das hat er sich geschworen, dieses Leben eines Durchschnittsmenschen – nie und nimmer!

Auch das Gasthaus ist noch wie vor dreizehn Jahren; die Zimmer sind aus rohem Holz, die Fensterrahmen verwittert, und draußen, wenn man die Läden aufstößt, fällt der Kalkputz in ganzen Fetzen ab. Und auf der Wiesenterrasse, die drunten vor dem Hause ist, sieht man die Gäste, die sich nach dem Abendessen ergehen; man blickt über die grauen Schindeldächer des kleinen Dorfes, über das verdunkelnde Tal und in die Berge, die nun wie bleiches und sprödes Porzellan sind.

Das ist alles noch wie damals.

Auch daß der Bergführer, der unterdessen einen Bart bekommen hat, wieder an seinem runden Holztisch sitzt, wie er es jeden Abend tut, zusammen mit dem alten kleinen Postmann, der gerne einen Rotwein trinkt, während er seinen Maulesel an einen Baum gebunden hat, und manchmal gibt es sich, daß auch noch Jäger da sind, die Murmeltiere haben, oder es hängt sogar einmal eine Gemse am hölzernen Geländer; dann kommen die weißen Damen und streicheln das tote Fell, während die Herren ihre Zigarre aus dem Mund nehmen, den Schuß suchen oder wissen wollen, wo und wie das schöne Tier erlegt worden sei.

So sind die Abende da droben.

Später geht man wieder hinein, weil es draußen kalt wird; man blättert vielleicht im Gästebuch, aber der neue Gast hat sich noch nicht eingetragen, und man nennt ihn einfach den Sonderling, sei es, weil er in seinem Bergkleid an den Tisch kam, oder sei es, weil er nach dem Essen sofort verschwunden ist und sich den ganzen Abend nicht mehr zeigt.

Man macht wieder das Spiel mit dem Becher und den Mäusen, das die junge Dänin eingeführt hat, und das Vergnügen ist wieder grenzenlos; sie hat ein Lachen, diese junge Fremde, daß alle mitlachen müssen, die zugegen sind, auch die älteren

Herren, die nur zuschauen, und einmal kracht sogar ein Stuhl, als sich jemand vor Lachen nach hinten wirft, ein neuer Stuhl wird geholt, und das Spiel geht weiter ...

Unterdessen liegt der neue Gast, den sie also einen Sonderling nennen, bereits im Bett und wartet auf den Schlaf.

Man möchte ihn um vier Uhr wecken und seinen Lunch bereitlegen, hat er noch gesagt, drunten beim Hausdiener, und auch sein Rucksack steht schon auf dem Stuhl, fix und fertig, damit er in der Frühe keine Zeit verliere.

Wie gut ist das Leben, denkt er, wenn man müde ist und weiß, wozu man am andern Morgen erwachen wird. Man weiß es ja so selten, und immer dieses Aufstehen in ein leeres und unfruchtbares Dasein hinaus, manchmal meint man wohl, man ertrage es nicht länger. Aber man kann ja sehr verzweifelt sein, man kann sich über den Tisch werfen, und manchmal möchte man sogar seinen Kopf nehmen und ihn einfach gegen eine Wand rennen, damit alles zerspritze, was man denkt – am Ende aber, irgendwann, kommt immer ein Schlaf, der stärker ist als alles, stärker als unser

Denken und Verzweifeln, und der alle Not einfach aufschiebt und das Denken löscht, bevor es tödlich wird. Und dabei weiß man so genau, daß er ja nichts löst, dieser Schlaf, daß er uns nur zu neuem Verzweifeln stärken will, und daß man am andern Morgen nie weiter ist und dennoch wieder aufstehen muß, ins Weglose hinaus, ohne Glauben und ohne Ziel, ohne Sinn, ohne alles, ohne Berufung, und bloß damit man älter werde, immer noch leerer und ratloser ...

Aber nun soll es ja anders werden, nun weiß er ja, wozu man ihn am andern Morgen wecken wird, und er muß sich nicht grauen vor dem Erwachen, nun hat er ja ein Ziel, woran er denken kann, woran er glauben will, wofür er aufstehen muß!

Indessen findet er lange keinen Schlaf, und dann schlägt es zwölf Uhr, drunten im Dorf, als er noch immer wach liegt –

Vielleicht denkt er auch noch an seine Braut, die nun zu Hause sitzt und vielleicht weint, da sie nicht einmal weiß, wo sie ihn suchen soll, und daran, daß eine liebende Frau wohl immer eine Last ist, weil Liebe allein ja noch keinen Mann erlöst; auch die Frau weiß das, und doch erwartet sie es, im stillen erwartet sie es wohl immer, auch wenn sie manchmal das Gegenteil sagt, und wie soll sie es auch begreifen, da sie im Grunde ganz Liebe ist; wie soll sie begreifen, daß sie ihn mit dem besten Willen nie erfüllen wird und halten kann, auch wenn er sie vielleicht erfüllt, und daß es für ihn darum kein Abstehen gibt in der Liebe, kein Genugsein, sondern immer wieder ein Weitermüssen, sei es in die männliche Untreue oder in die männliche Tat.

*

Am andern Morgen ist es wieder beinahe wolkenlos, und die Gäste, die mit ihren Wanderstöcken herunterkommen, frühstücken im Freien draußen, wo die weißen Tische an der Sonne blenden ...

Manche sind auch schon unterwegs.

In der Wiese oben erkennt man ein rotes Kleid; das ist die junge Fremde, die schon einen ganzen Strauß gepflückt hat. Und am Waldrand weiden auch wieder die schwarzen Ziegen, deren verstreutes Gebimmel man jeden Morgen hört; langsam ziehen sie bergan, getrieben von einem kleinen Mädchen, das einen großen Ast in der Hand hat oder manchmal auch einen Stein wirft, damit die Tiere gehorchen.

Es ist nicht mehr früh, als der Sonderling endlich seine Läden aufschlägt. Das pausenlose Rauschen, das er für strömenden Regen gehalten hat, als man ihn um vier Uhr weckte, ist noch immer da; es ist der Bach, den man aus dem Tale hört. Und wie klar und herrlich leuchtet nun das Gebirge, dessen Grate an eine makellose Bläue grenzen, so weiß und rein, und alles hat schon das hauchlose, fast pralle Licht des späten Morgens, jener Stunde, wo man eben auf dem Gipfel sein sollte!

Aber es ändert ja nichts, wenn man sich ärgert; es ändert nicht, daß man sich verschlafen hat und daß es wieder eine verlorene Zeit ist …

Es wird ein warmer Tag; in den Wiesen zirpt es wieder, und wo man geht, springen die Heuschrecken zur Seite, oft fingerlange Tiere, die fast mannshoch hüpfen. Am Waldrand sind es die Bienen, die summen. Und manchmal raschelt auch eine Eidechse, die sich auf einem heißen Stein gesonnt hat, oder es leuchtet ein Schmetterling vorüber und entschwindet wieder in flackerndem Zickzack, rot oder gelb, und über den Hängen zittert und flimmert die verblauende Ferne.

Es ist ein sehr gewöhnliches Weglein, womit sich der Sonderling heute begnügen muß; es führt einem kleinen Wässerlein entlang, deren es so viele gibt in dieser Gegend, manchmal laufen sie durch eine hölzerne Rinne, oder sie sind in den Felsen gehauen, dann rieseln und schillern sie wieder über goldbraune Kiesel, immer am Hang entlang, und meistens geht ein solches Weglein daneben, wo man wunderbar schlendern kann, immer geführt von dem leisen und heimlichen Murmeln, dessen silberner Klang sich in dreizehn Jahren nicht verändert hat ...

Vielleicht war es auch ein solches Weglein, wovon er in der vergangenen Nacht geträumt hat, wie sein verstorbener Vater hinter ihm herging; noch ein anderer Herr war dabei, ein Oberst, dessen Züge einmal an den Gastwirt, dann wieder an einen früheren Schwimmlehrer erinnerten, jedenfalls hatte er einen immer vorwurfsvolleren Blick, dieser Oberst, als man ihm einen Stein zeigen sollte, den man gefunden hatte, einen Gletscherschliff, der alles bezeugen konnte, und als man die Hand aufmachte, war sie leer, und alles war nichts, was er seinen Schülern hatte erklären wollen; in einem Nachtkleid, das überall zu kurz war, stand er vor seiner künftigen Klasse, die endlich laut herauslachte ...

Ein alberner Traum.

Einmal schaut er zu, wie eine Bäuerin gerade ihre steile Wiese wässert; das kleine Schmutzkind, das sie in einer Krätze getragen hat, sitzt nun zwischen den beiden zottigen Ziegen, und die hagere Frau, deren Gesicht wie ein harter und dunkelbrauner Holzschnitt anzusehen ist, staut das Bächlein mit einem flachen Stein: in glitzerndem Sprudel springt das Wasser über den Hang, wo es die Gräser abwärtskämmt. Und dann geht sie mit einer kurzen Hacke den kleinen Gräben entlang, die das Wasser in die trockene Wiese verteilen sollen, und sorgt, daß es nirgends staut. Wenn ihre Stunde verflossen ist, geht die Bäuerin und verstopft die Lücke wieder mit Steinen und Moos, damit kein Wasser verlorengehe; an einem solchen Bächlein hängt ja das ganze Dorf, und es ist ein strenger Wochenplan, woran sie sich halten müssen, eine strenge Ordnung um ein bescheidenes Leben.

Auch die hölzerne Schleuse ist noch da, und das freut den Wandrer, als er auf dem federnden Brett steht; da ist er einmal hineingeplumpst, als er den Wanderstock seines Vaters aus dem eiskalten Wasser fischen wollte. Aber es ist sonderbar, alles dünkt ihn kleiner; schon im Gasthaus hat er ja gefunden, die große Veranda sei eingeschrumpft, und auch ein Felsblock am Hang, wo ihn sein Bruder das erste Klettern lehrte, alles ist ihm damals größer erschienen.

Endlich kommt er auch zum großen Bach, dessen Rauschen er durch die Nacht gehört hat, und zur alten Mühle, die schon damals verlassen und verlottert war. Noch heute findet man das eingebrochene Dach, das mit Spinnennetzen verwoben ist, und das morsche Wasserrad, das zwischen Disteln und Brennesseln liegt. Daneben tost und gischtet es. Und ganz draußen steht der einsame Wandrer nun, auf einem kühnen Felsen, inmitten des donnernden Wassers. Er schaut nach dem großen Stausee, den er damals als Junge gebaut hat, und erinnert sich, wie ihm die Leute sagten, er wäre der geborene Baumeister, und alle klopften auf seine Schulter und meinten, daß er einmal ein großer Mann würde. Aber seither hat der Bach natürlich alles weggerissen, Blöcke und Äste, und nichts hat standgehalten, nichts von allem.

Später sitzt er auf einem moosigen Block, zwischen Föhren und verwilderten Tannen, deren unterste Äste noch ins Wasser hängen, und blickt in das immer wechselnde Gischten, in diese silbernen Fächer, wo das Wasser über flache Steine stürzt; manchmal stäuben ganze Schleier herüber, und immerzu hört man ein dumpfes Rollen, wie aus der Ferne, irgendwo unter den blitzenden Wassern.

Vielleicht war es nicht gut, daß er in dieses Tal gekommen ist; alles findet er kleiner, die Zeit ist ja daraus entschwunden, die er vielleicht gesucht hat …

Er merkt es erst, als seine Hände es schon vollendet haben: aus einem Stück blutroter Rinde, wie sie ringsum auf dem Boden liegt, hat er ein Schifflein geschnitzt, und im ersten Augenblick ist es, als wolle er es wegwerfen, das Bubending in seiner Hand. Aber dann schnitzt er dennoch weiter, sehr sorgsam, damit die spröde Rinde nicht zerspringt, und auch ein kleiner Mast läßt sich noch einbohren, bevor er das Werklein aufs nahe Wasser setzt. Es schwimmt ein wenig schief, und ein Wirbel treibt es im Kreise herum, und er lächelt wohl, während er sein Taschenmesser wieder zusammenklappt, halb beschämt und halb verächtlich, bis das Schifflein einmal fortschwimmen will und er es mit raschem Griff gerettet hat, wie man verachtete Dinge sonst nicht rettet.

Es geht schon gegen Abend, als einmal fremde Leute über die Brücke kommen, deren Stimmen er offenbar nicht hört ...

Wohl eine Viertelstunde haben sie ihm zugeschaut, wie er im Bach steht, das Hemd zurückgekrempelt, damit er ins Wasser greifen und Steine heben kann, und in einem kleinen Stausee, den er mit Blöcken und Ästen erstellt hat, sieht man auch das kindliche Schifflein, das munter umherschwimmt; er scheint voll Eifer, er sammelt gerade die Tannenzapfen, die er zum Verstopfen zwischen den Steinen braucht, und pfeift dazu. Und noch immer hat er sie nicht entdeckt, die nahen Zuschauer auf der Brücke; auch die junge

Fremde ist dabei, die das rote Kleid trägt und dem spielenden Mann noch eine ganze Weile zuschaut, als ihre beiden Begleiter schon weitergegangen sind und bereits im Walde drüben verschwinden –

In diesem Augenblick will es der Zufall, daß der Dammbauer wieder mal sein Haar aus der Stirne streichen muß und dabei aufschaut. Und wie vom Blitz getroffen ist. Das tosende Wasser gestattet nicht einmal ein leichtes Wort, das alles lösen könnte, und sie können einander nur anschauen, die Zuschauerin auf der Brücke und der Mann, der wie ein Bub im schäumenden Bach steht und seine gesammelten Tannenzapfen wieder wegwirft, als wären sie gestohlen.

Und später, als er wieder allein ist, hat er mit einem Fußtritt auch den ganzen Stausee zerstört, so, als schäme er sich plötzlich sogar vor diesen stummen Steinen.

*

Irene aber, so heißt die junge Fremde, hat sich natürlich bei dieser Begegnung durchaus nicht soviel gedacht, wie er vielleicht meint. Sie ist ein gesundes und munteres und helles Geschöpf, das in der Morgenfrühe schon Blumen pflückt, und singt, wenn sie durch den abendlichen Wald schlendert …

Sie ist übrigens mit ihrer Schwester und ihrem Schwager da, schon seit vier Wochen, und das ist ja oft ziemlich langweilig für sie. Zumal wenn dieser Schwager, wie es die Art fast aller Männer ist, immer und immer wieder von seinem Beruf erzählt. Dann nickt sie nur und pfeift dazu, oder sie zieht Halme durch den Mund, die sie im Vorübergehen abrupft, oder wenn einmal ein großer Pilz am Wegrand steht, ein Eierschwamm zum Beispiel, so schlägt sie mit ihrem Wanderstock hinein, daß alles zerfällt und zerstäubt. Jedenfalls muß sie immer irgendwas tun, und ihre Schwester, die übrigens jünger ist, hat diese Ungeduld schon oft getadelt; nicht einmal ein Buch könne Irene lesen, pflegt sie zu sagen, und das stimmt auch. Wenn man auf einer Bank oder in einer Wiese sitzt, kann es vorkommen, daß Irene einmal das Buch zur Hand nimmt, das man ihr geschenkt hat; aber es muß nur ein Käfer kommen, damit sie die erfundene Geschichte vergißt und den

Wind darin weiterblättern läßt. Sie läßt das Tier sogar über die Buchstaben wandern und redet mit den Käfern, dänisch natürlich, auch mit den häßlichen; dann stellt sie ihnen tückische Hindernisse, die sie überwinden müssen, und wenn sich ein Käfer nicht befreien kann, bis sie zwölf gezählt hat, wird er mit einem Stein zerquetscht und getötet, und nur die tapferen Käfer bekommen ihre Freiheit und ihr Leben wieder, als gerechten Lohn, denn alles muß verdient sein. Am liebsten aber, so scheint es, spielt Irene mit den Kindern, die ihr auch jedesmal entgegenlaufen, sobald man sich wieder dem Gasthaus nähert, ja, und dann hat Irene auch die Geduld, die ihr sonst so mangelt; es sind die Kinder des Wirtes, zwei lustige Knirpse, die nur Französisch plappern, und Irene versteht ja kaum ein Wort, aber es geht tadellos. Sie hat ihnen gezeigt, wie man Körbe flicht, und neulich gingen sie zusammen in die Heidelbeeren, bis alle mit schwarzen Mäulern heimgekommen sind; jeden Tag hat Irene neue Einfälle, einmal hat sie ihnen die Fingernägel geschnitten, und auch das machte ihnen schallende Freude. Und am Abend muß sie die beiden

Rangen immer mit eigener Hand in ihre Betten legen, da sie sich sonst von ihrer Freundin nicht trennen wollen; dann gibt es jedesmal, je nach Benehmen, oben einen Kuß oder unten einen Klaps.

So ist Irene.

Sie ist nicht ein Mensch, der sich im Grübeln gefällt, und nach dem Abendessen, als sie wieder um den Kamin sitzen und das ausgelassene Becherspiel machen, denkt sie gewiß nicht daran, daß jemand im Hause ist, der ihr helles Gelächter ganz und gar auf seine Person bezieht. Vielleicht hat sie den verflossenen Tag überhaupt schon vergessen. Sie ist ja eine Frau, sie lebt nicht in Gedanken, sondern in Zuständen, und was kümmert es sie in diesem Zustand munteren Spielens, daß sich der Sonderling, der nachmittags im rauschenden Bach stand und seine vergangene Bubenzeit nochmals aufbauen wollte, inzwischen als Doktor Leuthold eingetragen hat? Sie sitzt in ihrem langen Abendkleid und kümmert sich, wie es der Augenblick fordert, einzig und allein um die Stoffmäuse, die sie mit dem Becher haschen soll, und hat keine Ahnung, daß sie eine heimliche Rolle spielt, daß sie männliche Entschlüsse bestimmt, durch zwei Stockwerke hindurch ...

Am nächsten Morgen, als man wieder zum Frühstück erscheint und sich an die weißen Tische setzen will, die in der Sonne blenden, stehen alle Gäste um das Fernrohr herum, und jeder will nach den Felsen schauen, die gerade von der Morgensonne gestreift werden. Es sei ein Mensch in der Wand! so heißt es, und sogar der deutsche Herr, der das Fernrohr eben benützt hat, findet es allerhand. Dann wollen es auch die Damen sehen, voll entsetzter Neugier. Schon seit drei Stunden sei er im Fels, sagt der Wirt, und dann vernimmt man auch, daß diese Wand schon seit vier Jahren nicht mehr bezwungen worden sei, weil sie immer starken Steinschlag habe. Und daß sie überhaupt nur durch einen heiklen Kamin erklettert werden könne, der senkrecht und beinahe grifflos sei, und wenn man diesen nicht finde, sei alles hoffnungslos.

Es ist ein aufregender Morgen.

Auch Irene blickt einmal durchs Fernrohr: in einem Kreis, dessen Ränder in allen Regenbogenfarben zerfließen, schaut sie den besonnten und knochengelben Felsen, vielleicht in der Größe einer hohen Domwand, und darin den kleinen Mann, der sich nur sehr langsam bewegt; man erkennt genau, wie er tastet, wie er die Griffe prüft, ehe er einen großen Schritt ansetzt und sich langsam emporstemmt. Und wie er sich abermals umschaut, sehr lange, bevor er wieder zurückgeht und es anderswo versucht; man sieht sogar, wie er manchmal Steine löst und in die Tiefe wirft, ganz lautlos natürlich, was sehr unwirklich und unheimlich anmutet, und wie er einmal eine glatte Wand durchquert, indem er nur mit den Händen in einer schrägen Felsritze hangelt, und dann kommt er wieder in den Schatten und man sieht lange nicht mehr, was er macht ...

So vergeht der ganze Vormittag.

Irene hört jedesmal ihr eignes Herz klopfen, wenn sie wieder vom Fernrohr zurücktritt; aber noch immer ahnt sie nicht, daß eben sie es ist, die ihn in diese Wand getrieben hat, in diesen verrückten Streich, wie man es allgemein nennt.

Erst als es zum Mittagessen geklingelt hat, schon dreimal, wird das Fernrohr verlassen und die ganze Sache vorübergehend nur noch im Gespräch verfolgt; dabei hört man, während man die Suppe ißt, nicht nur die verschiedensten Ansichten, lobende und tadelnde, zuversichtliche und schwarzseherische, man hört vor allem auch, lauter als sonst, das Geklirr der Bestecke, als würde heute besonders hastig gegessen, damit der Mann nicht abstürzt, bevor man wieder am Fernrohr steht ...

Aber er stürzt überhaupt nicht ab.

Sonderbar ist die Stille, die einen keuchenden Kletterer auf dem Gipfel empfängt, eine Stille, die nicht auf ihn gewartet hat, die sich nicht um seine Ankunft kümmert und ihn auf eine unheimliche Weise fast verlegen macht, jetzt, da er sein Streben erfüllt hat und stolz sein möchte, eine Stille, die nichts von Ehrgeiz weiß ...

Endlich schnallt er seinen Rucksack ab.

Wie am ersten Tag, als Gott das Licht schuf, so blendet das weiße Gebirge ringsum, das sich in den hohen und blauen Himmel zackt, so klar und scharf und spitz wie lauter Kristalle, Gipfel neben Gipfel, so weit man schaut, wie Gottes steile und silberne Handschrift, hingeschrieben an den glühenden Rand dieser Welt!

Später, als er sich Stirn und Hals und Arme eingeschmiert hat und endlich seine Sonnensalbe wieder versorgt, denkt er vielleicht auch einen Augenblick lang an die junge Fremde, die ihn gestern im Bach gesehen hat; aber nur einen Augenblick lang –

Es ist, als löse sie alles Denken auf, diese Stille, die über der Welt ist; man hört nur noch sein eignes Herz, das klopft, oder mitunter den Wind, der in den Ohrmuscheln saust. Und wenn einmal eine schwarze Dohle um die Felsen segelt und wieder mit heiserem Schrei entschwindet, immer bleibt diese einsame Stille zurück, die um alles Leben ist und jeden Aufschrei verschluckt, als sei er nie gewesen, diese namenlose Stille, die vielleicht Gott oder das Nichts ist.

Und die dem Wandrer nicht leicht wird.

Er hat dann, damit er irgendwas tun kann, seinen Feldstecher genommen und betrachtet wieder mal den Nordgrat, indem er sich zwischen die Felsen stützt, so, daß er ganz stillhalten kann; es ist wirklich ein ungeheurer Grat, wenn man ihn aus der Nähe betrachtet, Stufe um Stufe. Da gibt es senkrechte und sogar überhängende Wände, und niemand weiß, ob sie überhaupt Griffe haben. Er schraubt seinen Feldstecher noch schärfer, aber die Griffe kommen natürlich nicht heraus, nur eine überhängende Wächte wird erkennbar, die immer wieder den Grat durchbricht, und einzelne Felsnadeln stehen wirklich da, als habe sie der Teufel erfunden, wie ein Zierat des Todes.

Als er seinen Feldstecher sinken läßt, hat er noch nicht die Hälfte des ganzen Grates durchforscht.

Aber Befehl ist Befehl, und da gibt es kein Murren, warum gerade er diesen Grat versuchen soll, den noch nie ein Mensch bezwungen hat; kein Zweifeln und Fragen, ob es wirklich schon genügt, daß sich der Mensch ein Ziel setzt, und gleichviel, ob es Gott gefällt oder nur unseren Mitmenschen, und gleichviel, ob es wirklich aus einer Sehnsucht kommt oder nur aus dem Willen ...

Befehl ist Befehl.

Er hat sich übrigens bald wieder auf den Abstieg gemacht; kaum eine Viertelstunde ist er auf dem Gipfel geblieben, trotzdem es so herrlich ist, kaum eine Viertelstunde ...

Vielleicht brauchte es ein sehr reines Gewissen, damit es dieser reinen Stille standhielte; sonst könnte es ja sein, daß in einer Stunde alles zusammenfällt und sich auflöst, was man ein Leben lang so sorgsam gebaut und gepflegt hat, daß sich vielleicht ein heldischer Ehrgeiz als eitel entpuppt, als bloße Ausflucht, und daß am Ende, wenn man lange so dasäße, nur noch der dunkle Fleck bleibt, irgendeine Grundlüge des Herzens, die man ahnt und schon immer fürchtet und mit hundert Versuchen verdecken will, weil man einfach nicht den Mut hat, den Mut zur offenen Einsicht, zur wirklichen Wandlung.

Gegen Abend, als er wieder ins Tal kommt, hat sich der Himmel bedeckt; wie Tücher ziehen die Wolkenschatten über die hohen Firne, die einen dünnen Goldglanz tragen, auch über die Hänge kriechen sie hinauf, und es ist schön, wenn man ihnen zuschaut, diesen ziehenden Wolken und den Schatten und den Wäldern, die nun braun und violett werden. Ein bläulicher Hauch erfüllt das abendliche Tal, und manchmal gelingt es der Sonne, daß sie nochmals durchbricht und ihre schrägen Strahlen durch den Raum wirft, wie ein Bündel silberner Speere.

Irene sitzt in ihrem Liegestuhl, und warum soll sie den Wandrer nicht ansprechen, da er auf die Terrasse tritt und nach dem Wetter schaut?

Er habe den schönen Tag gerade noch erwischt, meint sie und will wissen, ob er denn eine klare Aussicht getroffen habe.

»O ja!« Er steht am Geländer, die linke Hand in der Hosentasche, und raucht aus seiner Pfeife, und gewiß ist es ihm nicht unangenehm, daß sie ihn also in jener Wand gesehen hat, sie, die ihn gestern sah, als er wie ein Bub im Bach stand und mit dem Rindenschifflein spielte. Es ist eine kühne Wand, die er heute bezwungen hat, das muß man schon sagen, und herrlich ist es, wie sich gerade die Wolken darüber schieben; kaum läßt sich noch unterscheiden, was Gebirge ist und was Gewölk, da nun alles glüht und verschmilzt.

Er habe wohl noch Großes vor? fragt sie, während sie ihre Tasche zusammenpackt, da es auf der Terrasse draußen kühl wird. Und er nimmt seine Pfeife aus dem Mund:

»Den Nordgrat – ja.«

Er sagt es übrigens sehr bescheiden, sehr schlicht und natürlich. Aber die junge Fremde weiß nicht, was das heißt; sie weiß nicht, daß sie der erste Mensch ist, dem er es anvertraut und vielleicht darum anvertraut, damit es für ihn kein Zurück mehr gibt; sie packt nur ihre Handarbeit zusammen, sehr gelassen, als habe er von irgendeinem Ausflug gesprochen –

Dieser Nordgrat solle ja nicht einfach sein, sagt er dann selber, jedenfalls habe ihn noch nie ein Mensch bezwungen.

Und er wolle ihn nun bezwingen?

Mit einem forschen Schwung kämmt sie ihr Haar zurück, das der Wind zerzaust hat, und lächelt, durchaus nicht spöttisch oder zweifelnd, nur sehr gleichgültig; dann steckt sie den roten Kamm wieder ein:

»Aber wozu denn?« fragt sie.

Er schaut sie nur an …

Man kann nicht sagen, daß sie geradezu schön sei; sie hat große und sehr weiße Zähne, dazu ein braunes Gesicht, und ihr Haar trägt einen blassen Glanz, und was dieses Gesicht so verwirrend macht, sind vielleicht nur die Augen, diese raschen und wachen Augen, die einen fast frechen und sehr schleierlosen und oft übermütigen Blick haben.

Wozu denn ...?

Er hat noch immer keine Antwort gefunden auf ihre unbefangene Frage; er zuckt nur mit den Achseln, halb verlegen und halb verächtlich, da sie ja, wie es scheint, von solchen Dingen nichts versteht, und dann raucht er wieder aus seiner Pfeife, während sie aufsteht und ihre Siebensachen zusammennimmt:

Er wolle gewiß in die Zeitung kommen, sagt sie; dabei blickt sie ihn an und lacht sehr lustig, durchaus nicht boshaft, nur sehr offenherzig ...

Dann klingelt es zum Abendessen.

*

Sie hat übrigens recht, die junge Fremde; am andern Tag regnet es wirklich, und zwar in Strömen. Aus dem Tale kochen die Nebel, als würden Kartoffeln gesotten; ohne Unterlaß schleichen die grauen Schwaden über die Hänge, und alle Berge sind verhüllt.

Man sitzt den ganzen Tag im sogenannten Salon, wo ein Kamin ist. Manchmal knallt ein Scheit, oder es zischt auch nur, wenn es noch feucht ist. Und sonst ist es sehr still; jeder beschäftigt sich auf seine Weise, und wenn jemand spricht, so tut man es mit flüsternder Stimme, wie in einem Wartezimmer …

Nur Irene ist nicht da.

Wie es scheint, spielt sie wieder mit den Kindern, drunten im Erdgeschoß, manchmal geht es sehr laut und ausgelassen zu, und man hört, wie einmal Stühle umfallen und Türen zugeschlagen werden, wie die Kinder schreien und quietschen, und auch Irene hört man dann lachen, als ob sie ihre eigenen Kinder haschte.

Wozu?

Es ist schon die unhöflichste Frage, die man an das Leben richten kann …

Der eine spielt eben Schach, und ein andrer liest den Börsenbericht, und mit ebenso ernster Miene verfolgt ein dritter, was die Heuschrecken machen, die er in seiner grünen Büchse gesammelt hat, und wieder andere stützen ihre Köpfe, fast leidenschaftlich, und brüten über einem Kreuzworträtsel.

Wozu?

Irgendwas muß der Mensch doch tun, oder soll er denn sein Leben lang einfach dasitzen und ins

Leere schauen und nachdenken, was Gott, in seiner unergründlichen Langeweile, vielleicht mit dem Menschen gemeint hat?

Man kann auch ins knisternde Feuer schauen und raten, welches Holz zuerst anbrennen wird, oder die Fransen zählen, die an der Tischdecke hängen, man kann auf seinen Puls hören oder dem verschlungenen Muster nachsinnen, das der Teppich hat, und wie es wäre, wenn es anders wäre. Oder man kann die Zeitung lesen, die immer sehr Wichtiges weiß, oder rauchen und sich eigene Gedanken machen, oder spannende Gespräche führen und sich selber zuhören. Man kann so viel. Man kann sich auch der Bildung widmen, man kann sich, zum Beispiel, in eine Wissenschaft stürzen, man kann die Scherben vergangener Völker untersuchen, oder errechnen, wann zwei Sterne sich am nächsten kommen, man kann auch bestimmen, wie heiß ein Blitz ist, oder sich um Fische kümmern, deren Schuppen vielleicht noch niemand erforscht hat, ach, es gibt noch so viele Schuppen und Sterne und Scherben, und man kann sterben, ehe man alles gezählt, gebucht und in Arten unterschieden hat …

Wozu?

Oder man kann auch ein Dichter werden, man kann mit Runzeln gehen und verzweifeln, weil man einen Reim nicht findet, der sehr wichtig ist, man kann brüten und brüten und über einem Vers vielleicht die Stunden vergessen, die Wochen und Jahre vergessen, man kann sein ganzes Dasein vergessen und das Nichts in klingende Worte hüllen ...

Beschäftigung ist alles.

Und wozu soll ein andrer nicht hingehen und unsere Erde vielleicht in lauter Purzelbäumen umwandern, oder den Ehrgeiz haben, daß er auf irgendeinen Nordgrat steigt?

Irgendwas muß man doch tun!

Manchmal rutscht es im Kamin, ganz leise, wenn wieder ein Scheit verkohlt ist; dann nimmt jemand die Eisenzange und legt ein nächstes Scheit hinein, damit das Feuer nicht ausgeht, damit es wieder eine halbe Stunde lang knistern wird ...

Es gibt Augenblicke, wo man aufspringen und mit der Faust auf den Tisch schlagen möchte, daß alle zusammenfahren würden! Und sie fragen möchte, ob sie es denn wissen, wozu sie dies und jenes tun? Augenblicke, wo man ihre gelassenen und sicheren Gesichter herunterreißen möchte, einfach herunterreißen, wie eine papierne Maske! Und ob sie es denn wissen, wozu sie überhaupt ein Gesicht machen in dieser Welt, wozu sie am Morgen aufstehen und sich ankleiden, wozu sie lesen und arbeiten und spielen, wozu dies alles? Oder wissen auch sie es nicht und leben am Ende nur, weil es zum guten Ruf gehört, weil es ein alter Brauch ist, zu leben? Und weil niemand diese bodenlose Leere und Langeweile gestehen will, die hinter allen Dingen gähnt, und weil eben alle andern so ernste Gesichter machen und tun, als wüßten sie einen Sinn und ein Wozu, bei Gott, man möchte sich einmal erheben und die Faust auf den Tisch schlagen, daß alle zusammenfahren, und ehrlich sein!

Aber wer erhebt sich ...

Draußen regnet es ohne Unterlaß; man sieht kaum durch die Fenster, wo das Wasser über die Scheiben adert, und man hört nur ein leises, ein graues und ortloses Rauschen.

Es ist am Nachmittag, als sie zusammen Billard

spielen, Irene und der Sonderling, der sich übrigens als großer Könner entpuppt. Irene muß nur so staunen. Wenn er an der Reihe ist, macht er seine Treffer manchmal gerade dutzendweise, und dann schlendert sie durchs Zimmer und bleibt am Fenster stehen, wo der Regen noch immer wie Quecksilber rinnt:

Das sei ja die reinste Sintflut, meint sie.

Oft knallen ihre Kugeln, daß sie fast über die Bande springen, und sie wundert sich selber, wie ihr die Treffer gelingen, ohne langes und feierliches Überlegen, einfach so, mit Gefühl –

Ob sie gerne Bücher lese? fragt er einmal, als er vor dem kleinen Tischlein stehenbleibt, wo ihr Buch liegt, und sie, wie es Frauen ja mit Vorliebe tun, antwortet nur, indem sie ihn einfach zurückfragt.

»Nein!« lacht er sehr entschieden und blättert so darin, »jedenfalls gute Bücher nicht, die uns das wirkliche Leben ersetzen wollen und uns die eigenen Taten ersparen.« Denn in den Büchern komme es ja immer zu Taten, so oder so, und darum lese man sie ja, alles habe seinen klaren Ablauf, nichts sei umsonst, auch wenn alles anders komme, und nichts versande, alles habe seine heimliche Ordnung, meistens sogar einen Sinn –

»Und das mögen Sie nicht?« fragt sie, während sie gerade einen Treffer macht und lacht und sehr schmiegsam um den Spieltisch herumgeht.

Das wirkliche Leben, meint er, sei ja so anders …

Jedenfalls das seine, denkt er: da erkennt man keinen klaren Ablauf und keinen roten Faden, da zerrinnt es einfach, ohne Abschnitt und ohne Tat, die Leidenschaft zerrinnt in eine Stimmung, und auch die Entschlüsse sind wie Sand, der leise durch die Finger rinnt, immer wieder nimmt man eine neue Handvoll, und wenn man sie aufmacht, ist wieder nichts darin geblieben, man ist verzweifelt, und auch das zerrinnt, wie die Hoffnung und der Jubel und der Schmerz und alles, wie das ganze Leben.

Dann kommt er wieder daran.

Es ist übrigens schon zweifellos, wer gewinnen wird; doch außerhalb des Spieles ist sie keine leichte Partnerin, die junge Fremde, die immer wieder umherschlendert und pfeift; sie hat eine Art zu fragen, zum Beispiel:

Wie alt er eigentlich sei?

»Bald dreißig«, murmelt er ...

Und was denn sein Beruf sei?

Und wie in einem Verhör muß er antworten, während er um den Tisch geht und immerzu auf die Kugeln schaut, als sei alles andere nur Nebensache.

Was – Lehrer sei er?

Da bleibt sie aber stehen und schaut ihn an, wie noch nie, so groß und stark und gut; da müsse er ja eine schreckliche Freude an den Kindern haben, meint sie.

»Schrecklich – ja.«

Aber nun glaubt sie ihm sein verächtliches Lächeln nicht mehr, nein, es kümmert sie auch nicht, daß er darauf sagt, er hätte ebensogut Kaufmann werden können oder Maler oder Kaminfeger; es gebe eben Leute, die alles könnten, weil sie zu nichts berufen seien, und für solche mache es sich ja besonders gut, wenn sie sich fürs Allgemeine opfern, als Lehrer im Frieden oder als Leutnant im Krieg ...

Aber Irene lächelt nur; sie sitzt auf dem Sofa und glaubt ihm kein Wort.

»Und die Kinder?« sagt er dann und reibt wieder die blaue Kreide an seinem Stock. Es sei ja so billig, wenn man sich in Kinder verliebe, weil man keinen eigenen Lebenssinn habe, und er erzählt von Vätern, die hinter ihren Söhnen hergehen und so feierlich sagen, daß sie nur für ihre Söhne lebten, und er lacht, fast wütend. Ob das unserem Leben schon einen Sinn gebe, daß wir es einfach weiterbieten? Vielleicht gebe es Menschen, die ihr Leben erfüllen und das Recht haben, Kinder zu rufen; aber zum bloßen Zeitvertreib gebe es ja Kugeln und Karten und tausend unterhaltsame Berufe, und nichts sei gemeiner, sagt er, als dieses landläufige Verbrechen, daß man seine Langeweile einfach auf seine Nachkommen abschiebe –

Er hat die blaue Kreide wieder hingelegt; ohne daß er indessen schon weiterspielt.

Es sei ja wie ein Staffellauf, lacht er, ein Staffellauf ohne Ziel und Ende; man gebe uns das Leben in die Hand und sage: Nun lauf damit, zwanzig oder siebzig Jahre lang. Und man laufe, man schaue nicht, was man in der Hand habe, man laufe und gebe es weiter. Und wie, meint er, wenn einer nach dem Ziele frägt? Man könnte ja tükkisch sein und einen am Ärmel halten und zur Seite nehmen, und wenn er die Hand aufmachte: – nichts. Und dafür rennen wir also, Geschlecht um Geschlecht? Es sei ja der vollkommene Zirkus, immer im Kreise herum, und in der Mitte sitze vielleicht der liebe Gott, der uns mit hundert Leidenschaften peitscht, damit sein Spaß nicht ausstirbt, und der lache sich den Bauch voll …

So redet er.

Wenn er bedenke, was seine Eltern angerichtet haben, aus Langeweile, und nun solle man selber hingehen, und immer so weiter …

Sie schauen einander nicht an; aber Irene spürt es, daß er nicht mehr lacht.

»Womit haben sie es verschuldet«, fragt er nach einer Weile, »daß wir sie aus dem großen Nichts erwecken und aus dem Dunkel zerren, Kinder, die vielleicht niemals ins Leben wollten, Kinder, die unsere Leere ausfüllen sollen, bis sie an ihrer eignen Leere verzweifeln und hingehen und abermals Kinder rufen, und immer so weiter, aus Langeweile geboren und zur Langeweile verdammt, ganze Geschlechter, die dich anstarren mit fragenden Augen und nicht wissen, wozu sie leben, und du, der sie gerufen hat, du weißt es am allerwenigsten ...«

Dann ist es still.

Irene aber kann es nicht glauben, daß ein Mensch so denkt, oder daß es am Ende wirklich so sei, wie er tut.

O ja, lächelt er nochmals, Lehrer sei ein herrlicher Beruf, Kinder führen, wo man selber keinen Weg wisse, und ihnen Geschichten erzählen, damit sie den Abgrund nicht sehen ...

Er hat seinen Stock wieder genommen und zielt auf irgendeine Kugel, die gerade so rund und still und tot auf diesem grünen Tuche liegt.

»Sie werden gewiß ein guter Lehrer.«

Und sie hat es nicht als Spott gesagt; sie glaubt es allen Ernstes, und obzwar sie keine Gründe angibt, obzwar er sich sagen muß, daß sie es ja nicht wissen kann, verblüfft ihn ihre einfache und stille Zuversicht; zum erstenmal ist sein Gesicht auch ohne verkrampftes Lächeln, da er sie anblickt:

Ob sie das wirklich glaube ...?

Es ist schade, daß es gerade vier Uhr schlägt, als ihr Gespräch nach und nach vernünftiger würde; man bringt nun den Kaffee herein, und dann kommen auch ihre Schwester und ihr Schwager.

Als man sich gegenseitig vorstellen soll, zeigt es sich übrigens, daß sie ja ihre Namen noch nicht einmal wissen, die beiden Partner, die eben zusammen gespielt haben, und man lacht darüber. Und dann ist er immer sehr linkisch, sei es, daß er nun die Hand verfehlt, die er fassen soll, oder daß er auf seinen schweren Nagelschuhen ausrutscht und beinahe das kleine Tischlein umstößt, als man sich zum Kaffeetrinken setzt. Oder sei es, daß ihm einmal ein Kuchen von der Gabel bricht und auf den Boden fällt. Dann ist er immer verwirrter, und zumal wenn er noch daran denkt, daß ihn diese Leute vorgestern im Bach getroffen haben, als er wie ein Bub im Wasser stand und mit dem Rindenschifflein spielte, so wird er das Gefühl nicht los, daß man sich über ihn lustig mache, über seine schweren Nagelschuhe vielleicht oder über seine Art, wie er die Tasse hält, und eine regelrechte Angst befällt ihn dann, daß er diese zarte Tasse zerdrücken und den Kaffee über ihre Kleider vergießen werde, eine solche Angst, daß er kaum verfolgen kann, was die Leute mit ihm reden, und immer nur nickt, ob es paßt oder nicht ...

Später will man natürlich auch noch zusehen, wie sie spielen, da Irene eben seine große Kunst gepriesen hat, und während Irene nun die undenkbarsten Treffer macht, gleichsam als Beweis, wieviel sie von seiner Kunst schon gelernt habe, verfehlt er natürlich die einfachsten Sachen. Anfangs lächelt er und sagt sich vielleicht, daß es ja bloß ein Spiel sei, und tut sehr gleichgültig, während er mit jedem Mißerfolg weiter verkrampft; nach und nach glaubt er überhaupt nicht mehr daran, daß er jemals eine Kugel treffen könnte, und endlich spricht er keinen Ton mehr, trotzdem die Leute sehr freundlich sind und übrigens nichts vom Spiel verstehen; als er endlich einmal einen blöden Glückstreffer macht, loben sie ihn sogar sehr, und da geschieht es denn, daß er sehr grob wird und sagt, er könnte nicht spielen, wenn Leute umherstünden und zugafften!

Solche Schnitzer wären ja nichts, wenn er sie nicht schon hundertmal begangen hätte ...

Anderswo, zum Beispiel, ist er einfach vom

Tisch gelaufen, als Gast, oder er hat ein Weinglas hingeworfen, weil er meinte, daß eine Gesellschaft über ihn lachte, und einmal hat er sogar, weil er fühlte, daß er ins Stottern kam, einem lächelnden Professor kurzerhand eine Ohrfeige versetzt. Es gibt kaum einen Kreis, wo er sich nicht unmöglich gemacht hat. Er weiß es und fürchtet sich, wie ein Kranker sich vor Anfällen fürchtet, und hütet sich, bis es plötzlich wieder geschehen ist. Nur daß man früher noch sagen konnte, er sei eben jung; aber bald ist diese Flegelei das einzige, was ihm von seiner Jugend geblieben ist.

Sie haben dann, als sie wieder allein waren, ihr Spiel noch beinahe wortlos beendet, und erst als Irene, die übrigens ohne große Mühe gewonnen hat, ihren Stock wieder ins Gestell versorgt, wird das Schweigen endlich gebrochen:

Warum er manchmal ein solcher Sonderling sei? fragt sie ohne Vorwurf, so offen und natürlich, wie sie immer fragt.

Dann fassen sie zusammen die grüne Decke, die man über den Spieltisch breiten muß, und machen alles, wie es sich gehört.

Nun halte sie ihn wohl für verrückt? sagt er,

und wieder hat er sein verkrampftes Lächeln, wieder seine spöttischen und verächtlichen Mundwinkel.

Ach nein! meint sie dann sehr einfach, indem sie die grüne Decke nochmals glattstreicht: Wenn man ihn näher kennenlerne, sei er gewiß ein ganz gewöhnlicher Mensch.

*

Nicht einmal zu Tisch ist er an jenem Abend erschienen, und umsonst hat Irene auf ihn gewartet, als man im Salon saß und wiederum das Becherspiel machte, heimlich gewartet. Und noch in später Nacht, als sie in ihrem Zimmer ist und ganz allein steht und langsam ihr Armband ablegt, muß sie an den sonderbaren Menschen denken und weiß noch immer nicht, womit sie ihn verletzt haben könnte, womit in aller Welt ...?

Dann stellt sie ihre weißen Schuhe vor die Türe, und als sie draußen ein Geräusch hört, geht sie in den Strümpfen nochmals zur Treppe, horchend, aber umsonst.

Vielleicht ist es nur Neugierde, was sie empfindet, oder auch Mitleid, weil sie spürt, daß er unglücklicher lebt, als es nötig wäre, irgendein mütterliches Gefühl vielleicht, daß man ihm helfen müßte, ganz leise und ohne sichtbare Gebärde, die ihn verscheucht, ohne Eigensucht, oder vielleicht sind auch noch andere Gefühle dabei –

Sie weiß es nicht.

Lange sitzt sie auf dem Bettrand, mit langsamen und verträumten Gebärden des Auskleidens; einmal fällt ihr Blick auch in den großen Spiegel, als sie gerade ihr Nachtkleid überziehen will, und verweilt auf ihrem eigenen hellen Bilde, ohne Scham, sogar mit einer natürlichen Freude – dann mit einem leisen Erschrecken.

Es ist schön, wenn man gesund ist, und so schwer, wenn man an einen Kranken denken soll, der in einem Lehnstuhl liegt, der immer feuchte Hände hat, wenn man kommt, und der niemals wieder auf Berge steigen und in schäumenden Bächen stehen und schwere Steine heben wird. Und der einen niederziehen und küssen will, wie Kranke eben küssen, so angstvoll und zitternd, so eifersüchtig schon, wenn man nur mit fremden Kindern spielt, weil man keine eigenen hat, so mißtrauisch gegen das gesunde Leben, das ihm nicht mehr gehört, und gegen ihre Jugend, die auch ihr nur einmal gehört, nur ein einziges Mal!

Manchmal ist alles so schwer, auch für eine Irene, der es ja niemand zutraut, daß sie auf dem Bettrand sitzt und weint.

*

Am nächsten Tag, der übrigens der letzte Tag ihres Aufenthaltes sein soll, regnet es noch immer, ein dünnes und feines Rauschen, das wie ein endloser Schleier ist, der irgendwo aus dem Grauen sinkt …

Der Wandrer, der auf einem Baumstumpf sitzt, droben im Wald, ist schon vollkommen durchnäßt. Er hat einen Tannenzapfen in den Händen, der ganz faul und weich ist, und schält ihn langsam, fast sorgsam, Schuppe um Schuppe.

Vielleicht hat er daran gedacht, daß ja heute sein Geburtstag ist. Und daß er immer gesagt hat, wer mit dreißig Jahren noch nichts vollbracht habe, der könne sich getrost an den nächsten Baum hängen …

Manchmal zischt der Regen wieder lauter in den hohen Wipfeln, und er schaut zu, wie das Wasser über den Weg läuft, und läßt die Tropfen auch in seinen Hals rinnen, weil er nicht weiß, wozu er sich rühren soll.

Er weiß nur, daß es kein Wiedergutmachen gibt, wenn man sein Leben verpfuscht hat, kein Zurückgreifen in vergangene Zeit, kein Nachholen und Verbessern, keine Gnade; er weiß es wie noch nie, daß alles endgültig ist, was man tut oder nicht tut, jeder Irrtum und jedes Versäumnis, und daß auch dieses Dasitzen niemals wieder nachzuholen ist, und daß es immer weitergeht, unaufhaltsam, auch wenn man nicht weiß, wozu man sich rühren soll.

Manchmal hält er den Atem an, dann ist es, als könne man die Zeit hören, wie sie von den Bäumen tropft, in lauter Augenblicken zertropft ...

Sonst rührt sich nichts im ganzen Walde.

Mag sein, es ist sehr unbescheiden, was man von seinem Leben erwartet; es ist sehr unbescheiden, daß jedes Geschöpf meint, es müsse einen Sinn haben. Am Ende sind wir nur Durchgang, Gefäße eines Lebens, das sich selber gefällt und genügt. Aber vielleicht, daß es auch leere Gefäße gibt, und wenn man allein im regnerischen Walde sitzt, warum soll man nicht ehrlich sein? So leer dünkt ihn alles. Manchmal ist man begeistert von einer Landschaft, von der Farbe einer ziehenden Wolke oder eines Wassers, das gerade in der Sonne glitzert, und man ist zufrieden, denn die Welt ist schön. Man ist glücklich und dankbar um sein bloßes Dasein in dieser Welt, und es ist genug, daß man in eine Blume schauen und ihre Staubfäden anfühlen darf. Oder manchmal kann auch ein Pilz, den man in die Hand nimmt und auseinanderbricht, sehr schön sein, oder ein Stück morsches Holz, das man aus dem nassen Baumstrunk löst und zwischen seinen Fingern zermalmt. Und man denkt vielleicht, das Schöne sei der Sinn dieser Welt, und der Sinn unseres Daseins, das sei vielleicht das Erleben, und auch das ist wahr und falsch, wie alle Gedanken, die man aufgreift; man kann sie schälen oder zwischen den Fingern zermalmen und immer wieder wegwerfen. Wie einen Tannenzapfen oder einen Pilz oder ein morsches Holz, das zerfällt. Und was uns zurückbleibt aus aller Begeisterung, die uns die Natur schenkt, ist immer nur die erwachende Einsicht, wie ausgeschieden du bist aus dieser

Welt, die schön ist und vielleicht einen Sinn hat, wie ausgestoßen aus aller natürlichen Vollendung, wie einsam in deiner Leere, wie fremd und taub in dieser großen Stille eines solchen Waldes.

Nur der lautlose Nebel schleiert durch die nahen Bäume, deren Stämme naß und schwarz sind, und in der Ferne, wo man die großen und zerfransten Tannen erkennt, erscheinen sie wie graue Schemen, die irgendwo am Steilhang stehen, irgendwo aus einem bodenlosen und uferlosen Nichts –

Oh, nicht daß er meint, man müßte ihn mit Worten nennen können, seinen Lebenssinn, man müßte ihn denken oder gar beweisen können! Wo sich doch alles, was wahr ist, nur glauben läßt. Aber daß er in alles, was er unternimmt, so wenig Glauben hat, das ist es eben, und da ist mit dem Willen, wenn er noch so stramm ist, nichts geholfen.

Es ist schade; aber es ist so.

Sein Wille wird ihn in den Nordgrat schicken, in die Tat oder in den Tod, wie er früher sagte, und dabei fühlt er so klar, immer klarer, daß er ja nicht an die Tat glaubt. Auch wenn er den Berg bezwingt, wird er darum ein andrer sein? Aber wer keine Sehnsucht mehr hat, keine echte Sehnsucht, was bleibt ihm anderes übrig als der Ehrgeiz?

Es dämmert schon, als er noch immer dasitzt auf seinem Baumstumpf. Und er schlottert vor Nässe; aber es ist, als habe er noch immer gewartet, auf irgendwas in seinem Herzen gewartet.

Keine echte Sehnsucht und keinen echten Glauben, und nicht einmal weinen kann man mehr, wie als Bub, kein Brennen ist in der Brust, kein Würgen im Hals, und wenn man sich auf den Boden werfen würde, so wäre auch das nur naß und lächerlich, denn auch der Schmerz reicht nicht mehr aus, nicht einmal der Schmerz, und man sitzt nur da, mit einer kalten und leeren Verzweiflung ...

Mit gestorbenem Herzen.

Und ein solcher Mann soll in zehn Tagen heiraten, eine Familie gründen, wo er selbst im Bodenlosen steht, und andern ein Führer sein, ein Lehrer, ein Vater!

Später dann, als es im Walde schon dunkel wird, hört man nur noch das vereinzelte Tropfen auf dem faulen Laub, und sogar die nächsten Stämme verlassen ihn dann; alles versinkt in der einbrechenden Nacht, und man ist blind, wohin man blickt.

*

Irene steht gerade mit dem Bergführer zusammen, als der nasse Wandrer durch die Halle kommt und über die Treppe hinaufgeht, ohne Gruß, ohne auch nur ein Nicken ...

Es läßt sich übrigens erraten, was Irene mit dem Bergführer gesprochen hat; sicher über das Wetter, und dann wohl über den Nordgrat, ob der wirklich so schwer sei, wie man immer sage. Er lächelt nur, der Bergführer, und nimmt nicht einmal die Pfeife aus dem Mund. Er könnte ihr eine Geschichte erzählen, die sie vor zwei Jahren erlebt haben; zwei eigene Vettern waren es, die er damals auf dem oberen Sandgletscher zusammensuchte und deren gemeinsame Reste man in einem einzigen Sarg begrub, da man sie nicht unterscheiden konnte. Aber er lächelt nur und fragt, ob sie denn auf den Nordgrat wolle? Und da sie auch nur lacht, meint er in einem ernsteren Ton, verbieten könnte man es ja leider nicht, aber er hole keinen mehr herunter, das könne er schon sagen, und dabei klopft er seine Pfeife aus, sehr umständlich und gelassen, bis er sie mit neuem Kraut füllt und abermals anzündet.

Indessen hat sich Irene schon zu früh gefreut, daß der Wandrer wieder heimgekehrt sei; wohl weiß sie nun, daß er im Hause ist, aber verschwunden bleibt er doch, und geradezu an seine Zimmertüre klopfen, das kann sie ja auch nicht …

Vielleicht wäre es sehr schön und sehr glücklich; vielleicht würde er nicht einmal fragen, was sie wolle, und würde nur sagen, er habe sie erwartet, oder er sei froh, daß sie komme. Oder man würde überhaupt nichts sagen, sondern einfach miteinander zusammensitzen, ohne Fragen und ohne Reden, womit sich Menschen nur trennen können. Er würde nur wissen, daß sie morgen verreist, daß sie einander niemals wiedersehen werden nach diesem Abend, und das wäre ein Wissen, das ihre Herzen vielleicht freier machte, als sie es jemals waren, frei von allem Vergangenen, das auf uns lastet, und frei von aller Zukunft, die uns zögern läßt, ein Abend, der ganz und gar der Gegenwart gehörte, dem wirklichen Dasein, und wenn man sich küßte, so wüßte man, daß es die ersten und die letzten Küsse sind, und es wären vielleicht Küsse wie noch nie, Worte wie noch nie, ein Glück, das voll Abschied ist und niemals verflacht werden kann, niemals verwischt durch Wiederholung, eine Nacht, die nur einmal gewesen ist, und vielleicht wäre es für sie, für Irene, sogar noch mehr, noch mehr als eine große Erinnerung, vielleicht sogar das Schicksal, wozu sie berufen ist.

Aber als sie an seiner Türe hört, daß er sich rührt, läuft sie natürlich zurück, so schnell und so leise, als sie nur kann. Bis in ihr Zimmer, wo sie neben den gepackten Koffern stehenbleibt und noch lange ihr Herz klopfen hört.

Indessen kommt er nicht heraus –

Er ist nur aufgestanden, weil er den Brief nicht beenden kann, den er an seine Braut schreiben wollte, sehr offen und ehrlich, wie er sich sagte, als er begann, und sehr rücksichtslos, wie er nun findet, da es auf dem Blatt steht. Sehr rücksichtslos und albern. Wozu dieses rührende Geschwätz, daß er nicht heiraten könne, weil er ein leerer Mensch sei, und daß es kein Unglück sei, wenn er nicht mehr aus den Bergen zurückkomme und wenn sie einen andern Mann finde, der dem Leben besser gewachsen sei, und daß er ihr zuliebe nicht anders handeln könne ...

Wozu dies alles?

Draußen hat der Regen inzwischen aufgehört und es ist ganz still, sogar das Tropfen in der blechernen Dachrinne ist verstummt.

Er hat den Brief zerrissen, aber nun sammelt er die Fetzen nochmals aus dem Papierkorb, legt sie auf den äußeren Fenstersims und zündet sie an. Und als er die Asche wegbläst, tanzen noch vereinzelte Funken in die finstere Nacht hinaus ...

Es hat wieder Sterne am Himmel, wenn auch nicht überall, und über dem schwarzen Wald, der wie ein Scherenschnitt dasteht, erscheint auch der Mond; seine blasse Scheibe pflügt sich gerade durch jagende Wolken, und manchmal scheint es, als rauche der Mond in silbergelben Schwaden, dann steht er wieder im Leeren, klar und still und kalt.

Morgen wird es wieder schön sein.

Dann klingelt er und bestellt die Rechnung und ein Bad, aber ein heißes, und packt seinen Rucksack.

*

Und in der Tat, am andern Morgen ist der Himmel wieder blank und blau, wie frisch gewaschen; nur die Erde ist noch naß, und in den Büschen glänzt es wie Perlen. Und lauter rauschen alle Bäche; manchenorts hat sich das Wasser sogar in den Weg verirrt, und man muß schauen, wohin man seine Tritte setzt, zwischen diesem Geriesel und Geflimmer, das wie geschmolzene Sonne über den Hang rinnt. Überall sprudelt es munter zu Tale, wo es sonst nur trockenes Geröll gab und dürres Geäst, und auf der Hinteralp, wo man schuhtief in einem braunen und weichen Schmutz versinkt, läuft sogar das hölzerne Wasserrad, das sonst voll Spinnweben ist und nun ein Butterfaß dreht, klappernd und mit einem großen Schleuderregen, der in der frühen Morgensonne glitzert –

Hier will Irene warten.

Sie ist als erste aufgebrochen, vor einer Stunde, als im Gasthaus noch alles schlief und man noch kein Frühstück bekam, und nun sitzt sie schon auf dieser Alp, hoch über dem Tal, wo man fast den ganzen Weg überwachen kann, der sich am Hange emporwindet ...

Wie einsam die Frühe ist, und eine Luft ist da, als habe noch niemand geatmet; als gebe es überhaupt noch keine Geschöpfe auf dieser Welt, als gehöre sie dem lieben Gott noch ganz und gar allein.

Sie sitzt auf einer Felsplatte; hat ihren kleinen Rucksack auf den Knien, und es schmeckt nun herrlich, das einfache Butterbrot, das ihr Frühstück ist, ja, sie findet es so wunderbar, daß sie später auch noch die andern Sachen auspacken und anschauen muß, natürlich nur auspacken und anschauen, wie sie sich sagt. Man muß doch wissen, was man im Rucksack trägt. Da gibt es zum Beispiel eine Wurst und kalten Braten, den sie flugs wieder verschwinden läßt, und auch der Käse riecht in einer vorlauten Weise, als wolle er in diesem Augenblick gegessen sein. Aber man ist ja kein Kind, das auf die Schulreise geht und schon in der Eisenbahn mit dem Essen beginnt; nur vom Schinken, der schon aufgeschnitten ist, wirft sie sich einen dünnen Lappen in den Mund, so flink, daß es vielleicht nicht einmal der liebe Gott gemerkt hat …

Unterdessen bekommen sie auch im Tale langsam die erste Sonne, und im Dörflein unten, dessen braune Hütten sich wie eine Herde um das weiße Kirchlein scharen, bimmelt es gerade zur Messe; ganz dünn, ganz fein und immer wieder vom Winde vertragen, schwebt der glashelle Klang empor.

Es gebe keinen andern Weg zur Oberhornhütte, hat der Bergführer gesagt; und hat sie es nicht deutlich gehört, gestern abend, als der Wandrer seine Rechnung bezahlte und seine Eßwaren bestellte, mit eigenen Ohren gehört, daß er zur Oberhornhütte weitergehe?

Er wird schon kommen, sagt sich Irene, und inzwischen ißt sie noch ein Ei, das ohnehin schon angeschlagen war; so weit sie kann, wirft sie die Schalen über den Hang hinunter, und was will man mehr, einen wolkenlosen Morgen und ein weiches Ei, sogar mit Salz darauf –

Es ist eine Lust zu leben!

Natürlich haben sie einander schon längst entdeckt, bevor der einsame Wandrer endlich über die Alp kommt und nun wirklich dasteht, und keines zeigt sich mehr überrascht; er stützt sich nur auf seinen Pickel und verschnauft, und sie muß blinzeln, da sie sich umdreht und ihn anschaut. Wohin er denn ginge? fragt sie ihn, und er schaut über das morgendliche Tal zurück, als habe er keine Frage gehört. Er hat schon geschwitzt, wie es scheint, obgleich er nur ein kurzes Hemd trägt, und offenbar drückt ihn sein Rucksack, das Zelt und der Schlafsack und die Steigeisen und das Seil. Ob es ihm übrigens sehr zuwider wäre, wenn sie ein Stücklein mitkäme? fragt sie, als sei ihr dieser Gedanke eben eingefallen, und es bleibt ihm keine lange Bedenkzeit, bis die junge Fremde aufgestanden ist und ihren Wanderstock genommen hat, sehr begeistert über ihren eigenen Vorschlag …

Es gibt dann, nach dieser Alp, keine klaren Pfade mehr, und man wandert einfach über offene Matten, wo die großen Blöcke umherliegen; manchmal ist wieder ein roter Pfeil daraufgemalt.

Und man wandert sehr angenehm, denn der Boden ist weich und fast federnd, wie im Ried, und die Schritte bleiben ganz lautlos. Nur daß dann und wann sein Pickel gegen einen Stein stößt, und dann klingt es sehr hell. Sonst hört man bloß noch das immer fernere und gedämpfte Rauschen, das den großen Talkessel füllt, das Rauschen der vielen Wasser, und mitunter auch einen schrillen Pfiff, wenn sich ein scheues Murmeltier flüchtet.

Sie habe noch nie ein Murmeltier gesehen, erzählt sie, noch nie in ihrem Leben; überhaupt sei sie noch nie auf einem Berg gewesen, obschon sie immer solche Lust empfunden habe –

Er antwortet nichts.

Später kommen sie auch einmal durch eine Mulde, wo noch Schnee liegt, fast mannshoch, aber so grau und verschmutzt, daß man ihn erst erkennt, als man darauf tritt; es ist eine alte Lawine, und noch lange hat Irene eine kindliche Freude, ein Staunen und Entzücken, daß sie über Schnee gestapft sind, mitten im Sommer!

Und überhaupt, wenn ihr Begleiter noch so schweigsam und sonderbar ist, sie findet es schön, dieses gemeinsame Wandern, die kühle Morgenluft und diese weglosen Matten und das langsame Wachsen einer unbekannten Aussicht, je höher man kommt; sie findet es schön, wie sich die zähen Bergföhren winden und krümmen, und wie die zersplitterten Stämme dastehen, die ein Blitz verkohlt hat; sie findet es schön, als sie auf die letzte Alp kommen und vor einem hölzernen Kreuze rasten, als sie über die steilen Hänge schauen, die voll blaugrauer Heidelbeeren schimmern, über das dunstzarte Tal und in die schroffen Felsen, die wie verzuckert sind ...

Das sei nur ein dünner Schnee, der über Mittag wieder schmelze, sagt er, damit er auch einmal irgendwas gesagt hat.

Ringsum weidet unterdessen das Vieh, und es ist, als gehöre sein Gebimmel ebenfalls zur Stille; gegen hundert Stück mögen es sein, Kälber und Kühe, und einzelne sind bis in die ersten Felsen gestiegen, dort stehen sie und glotzen, dann schlagen sie wieder mit ihren Schwänzen und grasen weiter, während Irene eben ihre Milch trinkt –

Da, als sie noch immer nichts vom Umkehren sagt und er umsonst wartet, daß sie auch nur zurückschaut oder so, nimmt er endlich den Halm aus seinem Mund und frägt sie geradezu, ob sie denn noch weiter mitkommen wolle?

Oh, sagt sie, was er denn denke! Sie könne noch lange so steigen, noch zehnmal so lange, ohne daß sie müde würde.

Er schaut nur zu, wie sich ihr heller Hals bewegt, wenn sie gerade trinkt und schluckt, und wie die Milch jedesmal einen weißlichen Schimmer auf ihren blutroten Lippen zurückläßt.

Das heiße natürlich, sagt sie, nur wenn es ihm recht sei ...?

Nun wäre es allerdings nicht höflich, wenn er sagen würde, daß es ihm durchaus nicht recht sei; daß er Dinge vorhabe, wozu er niemanden brauchen könne, und daß sie sich einen andern Führer suchen solle, wenn sie wirklich in die Berge wolle. Aber vielleicht sind es gar nicht die Berge, die sie will; vielleicht ahnt sie, was er vorhat, und sie will ihn nur davon abbringen. Und er läßt sich nicht davon abbringen, um keinen Menschen in der Welt, auch um ein lächelndes Weibsbild nicht, denn es ist endlich an der Zeit, daß man tut, was man vorhat, und daß man sich nicht immer wieder zerstreuen läßt, daß man endlich seinen Absichten gehorcht, nicht seinen Rücksichten!

Er habe leider keine Zeit, sagt er also, er müsse noch heute in der Oberhornhütte sein –.

Sie trinkt ihre Milch zu Ende.

Wie weit es denn in diese Oberhornhütte sei? fragt sie dann, und er muß ihr auseinandersetzen, indem er eine freundliche Miene macht, eine Miene höflichen Bedauerns, umständlich und klar auseinandersetzen, daß er eben drei Tage wegbleibe und daß sie ohne Vorräte natürlich auf keinen Fall –

Aber sie hat ja Vorräte, auch für drei Tage, und ob er auch kalten Braten und Dörrfrüchte bekommen habe, fragt sie, und eine solche Wurst? Und Schinken? Der werde sicher trocken, meint sie, indem sie sich wieder einen Lappen in den Mund wirft.

Vom ersten Augenblick an hat er ja nicht ganz daran geglaubt, daß es ein bloßer Zufall war, dieses Zusammentreffen; es ist der letzte Einwand, der ihm nach längerem Schweigen noch einfällt:

Aber was denn ihre Begleiter denken sollten,

wenn sie einfach drei Tage nicht zurückkommen würde?

»Ach die!« lacht sie nur und schnallt ihren kleinen Rucksack wieder an, schon stehend, während er noch immer sitzt: Und übrigens, denen habe sie bereits gesagt, daß sie mit ihm ginge, in die Oberhornhütte.

Dann nimmt sie auch ihren Stock wieder zur Hand und wartet nur noch auf ihn ...

*

Es ist anzunehmen, daß sie nun ihre Glossen machen, drunten im Gasthaus, als die beiden nicht zum Mittagessen erscheinen und auch zum Abendessen ausbleiben, und daß man ein bißchen lächelt, nicht böse, nur mit jener heimlichen Schadenfreude, die man immer hat, wenn sich ein Liebespaar bildet; es ist ja ein verstohlener Trost darin, daß alle in diesen gewöhnlichen Weg einbiegen müssen, auch wenn sie mit Steigeisen und Mauerhaken kommen.

Dafür ist an diesem Tag übrigens ein andrer Gast eingetroffen, eine junge Dame, die nun allein an dem Tischlein sitzt, wo bisher der Sonderling gesessen hat. Sie sitzt ein wenig verloren und verlegen, wie jeder neue Gast. Auch scheint sie noch sehr jung, zwanzig oder einundzwanzig Jahre vielleicht. Sie zupft an ihrem Brot und ißt zwei ganze Schnitten, bis die Suppe kommt. Und als man sie einmal frägt, ob sie Wein wünsche, fährt sie leise zusammen und schüttelt dann nur den Kopf, sehr hastig; dann ist sie ganz rot und blickt nur noch in ihren Teller, bis man auch die Früchte gegessen hat und sie sich als erste erhebt und hinausgeht, rasch und leise, von allen irgendwie bedauert, wennschon niemand weiß, wer sie ist ...

Draußen wird es ein milder Abend, wie es sich nach einem schönen Tag gehört, ein Abend mit großen und glimmenden Wolken, die übers Gebirge ziehen, und dann ist es sehr schön, wenn man noch eine Weile vor der Hütte sitzt; wenn man an die warme Mauer lehnt und die Füße auf ein Geländer stemmt und vielleicht eine Pfeife raucht, ruhig und angenehm müde, und wenn man schweigt und die späte Sonne auf Gesicht und Arme glühen läßt, während man über die verdunkelnden Täler schaut, über die nahen Gletscher und die immer wechselnden Wolken –

Diese Wolken seien übrigens nicht schlimm, meint der Hüttenwart, und da man ihn mit ungläubiger Miene anschaut, verspricht er sogar, daß man eine klare Nacht haben werde, sogar mit Sternen.

Dann qualmt er weiter.

Er scheint ein guter Kerl, und jedenfalls hat er Freude, daß jemand gekommen ist, sogar ein Frauenzimmer. Das erste in diesem Jahr, wie er sagt. Sonst schweigt er und steht nur neben den Fremden und schaut hinaus, wie sie, und gibt Antwort, wenn man ihn fragt, und wenn man nichts mehr fragt, so steht er dennoch da und läßt sich durch das Schweigen nicht stören, bis es Zeit wird, daß man den Herd anfeuert und die Suppe aufstellt ...

Dann sind sie wieder allein, Irene und der Wandrer, draußen vor der Hütte.

Sie schauen noch immer, wie es aus den Tälern kocht. Manchmal schimmern die Nebel wie rotes Kupfer, und es ist, als löse sich alles in Dunst, als schweben die Gebirge und verschmelzen mit dem ziehenden Gewölk. Und für Augenblicke weiß man kaum, was noch Erde ist und was Himmel.

Bis sich irgendwo wieder ein Loch reißt: man erkennt ein tiefes Tal, tiefer und dunkler, als man gedacht hat, und über den leichenfahlen Gletscher kriechen gespenstische Schatten. Auch Grate werden frei, wie stahlblaue Sägen. Und so wechselt es mit jedem Atemzug, dieses schwebende Leuchten. Und dazu das ferne Rauschen unsichtbarer Gletscherbäche, irgendwo in der Tiefe. Man möchte die Arme auftun und über den Felsen springen und im Raume fliegen, schweben wie im Traume und wie ein leuchtender Nebel vergehen ...

Wozu man lebe?

Irene ist es, die nochmals auf das Gespräch zurückkommt; sie hat ihre Hände um das rechte Knie gespannt, und den Kopf lehnt sie an die warme Mauer zurück.

Ob man das denn wissen müsse? fragt sie, ein bißchen unsicher und sehr unschuldig ...

Sie habe es nie gewußt, sagt sie dann nach einem offenbaren Nachdenken. Sie habe einfach so gelebt. Mal traurig und mal heiter, wie es im Leben eben komme. Wenn sie reite, sei sie immer heiter; dann singe sie sogar, trotzdem sie ja keine

Stimme habe. Und auch das Schwimmen mache ihr immer Spaß, und sie erzählt lange vom Meer, und auch vom Segeln. Aber am glücklichsten, sagt sie später, am glücklichsten sei sie mit kleinen Kindern; das heiße, auch an einem guten Hund könne sie große Freude haben, früher hätten sie zu Hause immer einen schwarzen Schäferhund gehabt, bis der arme Kerl einmal überfahren wurde, und wie dieses Tier damals gelitten und aus seinen Augen geschaut habe, da sei sie auch sehr traurig gewesen; die Därme hätte es ihm zerrissen, und ob das nicht entsetzlich sei?

Er nickt.

Im übrigen, sagt sie, müsse er nicht denken, daß sie noch nichts anderes erlebt habe –.

Und darauf schweigt sie sehr plötzlich, so, daß er aufschaut: noch immer könnte er nicht sagen, wie alt er sie schätzt, es ist sehr schwer, wenn sie so dasitzt und vor sich niederblickt, manchmal ist sie ein vollkommenes Kind, und dann wieder dieser Zug um ihren schweigenden Mund ...

Aber so im großen ganzen, sagt sie nach einer Weile, sie glaube doch, daß sie gerne lebe; nachgedacht habe sie darüber noch nie.

Dann schaut sie ihn an:

Ob er es denn wisse, wozu man lebe? fragt sie und scheint nicht erschüttert, als er gesteht, daß auch er es nicht wisse, obschon er darüber nachgedacht habe; sie lächelt nur:

»Aber sehen Sie – Sie leben ja auch.«

Wenn man das schon Leben heißen könne! sagt er mit seinem höhnischen Lachen, während er seine Pfeife an der Mauer ausklopft …

Manchmal meine er, das Leben müsse ein Ding sein, das größer sei, unsagbar größer als alles, was er je erfahren habe, und das sei vielleicht die einzige Hoffnung, die einen immer noch am Leben erhalte: daß man das Leben vielleicht noch gar nicht kenne, nur seinen Namen.

Irene schaut ihm zu, wie er unterdessen die Pfeife auseinandernimmt, mehr zum Spielen als zum Putzen.

Man könne ja nicht einmal wissen, meint er, ob man in seinem Leben schon einmal glücklich gewesen sei. Als junger Mensch habe er es oft gemeint: Das ist das Glück. Aber wenn er sich erinnere, sagt er, und wenn er alles zusammennehme, was er einmal Glück genannt habe, und wenn er bedenke, daß es die Ernte von drei Jahrzehnten sei, von einem halben Leben, von einer ganzen Jugend –

Es wäre sehr traurig, lächelt er später nur, wenn das schon das Glück wäre, das Glück, wovon wir immer soviel reden und wofür wir soviel anderes hinnehmen, soviel Häßliches und Gewöhnliches, soviel Lächerliches vor allem, soviel Alltag.

Draußen nebelt es noch immer aus den abendlichen Tälern, und es gibt Augenblicke, wo man gleichsam nur noch auf einem Riff sitzt, inmitten eines langsam wogenden Wolkenmeeres, das mit lautlosem Gischt gegen die glühenden Felsen brandet.

Er glaube nicht, sagt er dann, und vielleicht weiß er nicht einmal, daß er es sagt und wem er es sagt: er glaube nicht, daß er schon gelebt habe.

Irene schweigt.

Es gebe ja auch Samen, die niemals aufgehen und niemals blühen, und wer könnte denn wissen, meint er, wie viele Menschen die große und verschwenderische Natur versuche, damit ihr einer gelinge, der wirklich lebt und der es bis an die Grenzen hin weiß, was es heißt, wenn er von Leben redet, von Schmerz, von Sehnsucht und Schaffen, von Glück? Er wisse das alles nicht; nur in Träumen ahne man manchmal, wie grenzenlos diese Namen noch wären, die jeder für seine Erfahrung mißbraucht, und wie wenig, wie lächerlich wenig man es erfülle, was man so sein Leben nenne. Und was nichts anderes sei, sagt er, als eine Kette von verlorenen Tagen, die immer hinter ihren Plänen zurückbleiben; Wochen und Jahre vergehen, und man verstünde es nicht, oft meine man, es sei alles nur ein einziger Tag, ein großer Alltag, der immer der gleiche ist: wenn man sich auszieht und die Zähne putzt, wie gestern und schon seit Jahren, und wenn man noch eine Weile auf dem Bettrand sitzt und wieder den Wecker aufdreht, langsam und mit der unleugbaren Einsicht, daß man wieder nichts erfüllt hat, wie gestern und schon seit Jahren. Und am Ende werde man keinen Atemzug gelebt haben, keinen Atemzug, wie es einer qualvollen Geburt oder dem einsamen Grauen eines Sterbens entspräche …

Dann lacht er:

Oder ob sie das schon Leben nenne, fragt

er, wenn man seinen Bart und seine Fingernägel wachsen sehe?

Aber Irene schweigt noch immer.

Sie hat zugeschaut, wie die Sonne unterdessen versank, wie die Nebel erloschen; nun dämmert es mit jedem Augenblick mehr und mehr, dann und wann sickert auch schon ein Stern herein, irgendwo zwischen schwimmenden Wolken, die nun wieder blaß und weißlich sind ...

Das ginge wohl auch andern so, meint sie. Daß man sich mitunter sehr überflüssig vorkomme, weil man für niemand da sei, nur für sich, und weil das ja wirklich nicht genug sei. Und daß man am Abend auf dem Bettrand sitze und erschrecke, wie rasch eine Jugend vertan sei, und wie wenig Glück man empfangen oder gestiftet habe. Das ginge vielleicht auch andern so, und sie meint es vielleicht als Trost, wenn sie ihm sagt, das sei wohl das gewöhnliche Leben.

Er hält seine leere Pfeife, die noch immer ein wenig warm ist, in der geschlossenen Faust und schaut über das nahe Geländer hinaus, wo man nichts mehr unterscheidet.

Das gewöhnliche Leben ...

Nein! sagt er nur und schüttelt den Kopf: das sei es ja eben, dann wolle er schon lieber nicht leben, so nicht, als gewöhnlicher Mensch nie und nimmer!

Dann wird es immer dunkler. Sie sehen ihre Gesichter nicht mehr, und vielleicht sind sie froh darum. Auch Irene, die ihn gerne fragen würde: ob er denn auch nicht wisse, was Liebe sei? Und vielleicht fehlte nur noch ein Atemzug, daß sie die Frage ausspräche –

Aber eben klopft der Hüttenwart ans Fenster, von innen her; die Suppe sei fertig.

Und als sie sich erheben, wortlos und ein bißchen schlotternd, hat Irene wieder einen kindlichen Spaß daran, wie die schweren Holzschuhe so klappern, die man an den Füßen hat. Überhaupt scheint sie, sobald man wieder unters Licht kommt, sehr lustig und unbekümmert, geradezu übermütig, genau so, wie er sie bisher immer sah, und wie es nicht zu der Stimme passen will, die er im Dunkeln draußen zuletzt gehört hat. Als sie in der Hütte sind, tanzt sie sogar, damit die Holzschuhe noch lauter poltern, und der Hüttenwart grinst über sein ganzes bärtiges Gesicht, während er die dampfende Suppe eingießt und mit einem Löffel die heißen Speckbrocken verteilt.

Wann er sie übrigens am andern Morgen wekken solle? fragt er später, als sie gegessen haben und er das blauweiße Geschirr abwäscht: Und ob sie Großes vorhätten? Es hänge alles vom Wetter ab, sagt der Wandrer ziemlich kurz, während er im Hüttenbuch blättert; aber dann muß er dennoch beifügen, daß er aufs Ochsenjoch wolle, und endlich sogar erzählen, daß er ein Zelt habe und auf dem Ochsenjoch übernachten werde. Dabei blättert er immerzu, und der Hüttenwart, der auch während des Geschirrtrocknens seine scharfe Pfeife raucht, merkt es schon, daß der Fremde nur sehr unwillig Auskunft gibt; er fragt darum auch nicht weiter, sondern versorgt schweigend das Geschirr in den kleinen Schrank und meint dann nur noch, das könne sehr kühl werden, eine Nacht auf dieser Höhe und nur in einem Zelt.

Dann legt er noch ein Scheit in den Herd; es scheint, daß er noch einen Tee brauen will, bevor man schlafen geht. Jedenfalls summt noch Wasser in einer Kupferpfanne. Sonst hört man lange nur die tickende Uhr …

Sie hätten einmal auf dem Ochsenjoch übernachtet, erzählt er, als er dann auch an ihrem Tisch sitzt. Und auch im Zelt. Das sei vor zwei Jahren gewesen, als sie die beiden suchen mußten, die damals im Nordgrat blieben, sagt er und raucht immer wieder zwischen seinen Worten, und das sei eine sehr kalte Nacht gewesen.

Und wieder hört man lange nur das Knistern im Herd, wo die Glut zusammenbricht, und das Summen des heißen Wassers, das nach und nach siedet.

Und Irene, die vielleicht schon gehofft hat, daß sie ihn von seinem verwegenen Plan abgebracht habe, sagt während des ganzen Abends kaum ein Wort ...

Später dann, nachdem sie den heißen Tee geschlürft haben, langsam und mit beiden Händen um die Tasse, und als sie vor dem Schlafengehen nochmals vor die Hütte treten, sind die Nebel draußen wirklich gefallen, und es ist eine sternklare Nacht. Nur das Tal, zu ihren Füßen, erscheint wie ein schwarzes Loch. Aber die Gebirge stehen nun wie aus Glas, und alles trägt eine blasse und spröde Helle, ohne daß man eigentlich weiß, woher sie kommt. Vielleicht von der Milchstraße, die über den Firnen flimmert. Und es ist eine Stille im Raum, die ihre Herzen heimlich klopfen läßt, je länger sie hinschauen, eine Stille, wo man immer das Gefühl hat, daß sie einen töten müßte, wenn man sie wirklich hören könnte.

Sie haben dann, fast ohne daß sie es merkten, einander über die Schulter gefaßt, da es da draußen so kalt ist, und sie lächeln nur, als sie einander einmal anschauen, durchaus nicht verlegen, nur ein bißchen überrascht ...

Ob er auch schon eine Frau geliebt habe? will Irene bereits an diesem Abend erfahren; oder ob er vielleicht auch nicht wisse, was Liebe sei? Weil er gesagt habe, er wisse nicht, was Glück sei.

Aber er lacht nur:

O ja, Liebe sei es, wenn man sich verlobe und einen Ring trage –

Doch sie meint es ernst, sie will keine solchen Scherze, und es hilft ihm auch nichts, daß es in der Tat sehr kalt ist da draußen, daß er schon mit den Zähnen klappert und sie übrigens auch; sie will nicht hinein, bevor sie eine Antwort hat.

Gesetzt den Fall, sagt er nach einer Weile, sie

würde einen Menschen lieben, sie wisse zum Beispiel, daß sie diesen Menschen niemals vergessen könnte, wenn sie ihn verlassen würde, und sie verlasse ihn auch nicht, weil sie ein schlechtes Gewissen nicht ertrage, oder weil sie sich vor allem nicht denken könnte, daß sie irgendeinen andern Menschen mehr lieben würde, mehr nicht, aber ebenso vielleicht, – ob sie das schon die Liebe nenne?

Irene antwortet nicht.

Als Bub, erzählt er dann sehr aufgeräumt, habe er sich doch immer empört, wenn ein ehrbarer Mann wieder heiraten konnte, nachdem seine erste Frau gestorben war; nach seiner Meinung hätte der Mann, wenn er seine Frau wirklich geliebt hatte, immer zugrunde gehen müssen –

Ach?

Aber nun ist er es, der es ernst meint, als er nach einem kurzen Nachdenken hinzufügt:

Er glaube nicht, daß er zugrunde ginge.

Es ist schwer für Irene, die ihm gerne irgendeine Antwort gäbe, eine gute Antwort, die seine bösen Gedanken besiegte; denn es ist ja für eine Frau, zumal für eine junge Frau, nicht hinzunehmen, daß auch die Liebe, wozu sie berufen ist, in Zweifel gezogen werde. Es ist ihr immer, als müsse sie die Ehre aller liebenden Herzen retten, und auch wenn sie es weiß, aus eigenstem Erleben weiß, wie dunkel ein Herz sein kann, sogar das ihre, so möchte sie doch sagen, wie gut und wunderbar die Liebe sei, wie groß und makellos, wie glücklich, und daß er immer seinem Herzen gehorchen solle, wenn es nach Liebe verlange ...

Aber es ist schwer, wenn er auch darauf mit seinem unerschütterlichen Unglauben antwortet: woher man es denn wisse, ob ein Verlangen wirklich aus dem Herzen komme, und es gebe ja auch Herzen, die vielleicht überhaupt keine Liebe kennen, nur das Bedürfnis zur Untreue. –

Auf den Pritschen dann, in der Hütte drinnen, zeigt er ihr, wie man sich in die Wolldecken hüllt. Er verpackt sie wie eine Mumie, und als sie so dasteht, faßt er sie mit seinen starken Armen und legt sie nieder, und auch um die Füße bekommt sie nochmals eine Decke, damit sie auf keinen Fall friert. Sie schaut ihm wortlos zu, wie er das alles besorgt, fast väterlich besorgt, und dann nimmt er die Lampe vom Nagel, steht und reicht ihr die

Hand. In ihren großen Augen spiegelt sich die flackernde Kerze, ganz hinten, als sie ihn anblickt:

Ob er sich noch immer frage, warum sie auf ihn gewartet habe, heute in der Frühe, und warum sie habe mitkommen wollen?

Sie lächelt und läßt seine Hand nicht los. Und ist nahe daran, daß sie ihm alles erzählt, damit er nichts Falsches von ihr denke ...

Warum?

Ob sie es ihm sagen solle?

Aber dann schämt sie sich und scherzt nur und sagt: weil sie einen kostenlosen Führer haben wollte, drum sei sie mitgekommen! Und man wünscht sich nochmals gute Nacht.

Dann ist es still in der Hütte.

*

Und Barbara, das junge Mädchen im Gasthaus unten, hat also diesen ganzen Abend umsonst gewartet. Immer seltener werden die Tritte draußen im Treppenhaus; man hört nur noch den Hausburschen, der die Schuhe vor den Türen sammelt, und dann rührt sich auch das letzte Gesinde nicht mehr. Und wenn die Wartende noch einmal aufhorcht und den Atem anhält, so ist es bloß noch ein nachtwandelnder Gast.

Mit einer jungen Dame! hat ihr der freundliche Gastwirt gesagt, und dann hat sie sich gerade noch verhalten können, bis sie in ihrem Zimmer war und abgeriegelt hatte …

Auch die Zimmerwände, die sie seither anstarrt, wollen es ihr nicht erklären, wieso ein geliebter Mann, zwei Wochen vor der Hochzeit, einfach ausbricht und einen solchen Drang nach Freiheit bekundet? Es ist das gleiche Zimmer, das er noch gestern bewohnt hat; auf dem wackligen Tisch, wo er an sie geschrieben hat, steht nun ihr Koffer, der übrigens noch immer verschlossen ist, und vielleicht sind es auch noch die gleichen Alpenrosen, die in dem altmodischen Krug hängen. Und vielleicht sogar die gleichen Kissen, wo er schon sein verzweifeltes Gesicht hineingepreßt hat. Aber die Dinge sind ja so stumm und verraten nicht, was sie wissen, und man kann auch die Gedanken nicht sehen, die in einem Zimmer schon gedacht worden sind, Gedanken über die männliche Tat oder die männliche Untreue.

*

Es ist noch früh, als sie bereits auf einem Gipfel sitzen, die beiden andern, die die Oberhornhütte schon beim ersten Morgengrauen verlassen haben; es ist noch früh und besonders herrlich, wenn noch kein Dunst aus den vielen Tälern gestiegen ist, und alles leuchtet dann so frisch, die Gletscher und Gipfel, die nicht weißer, nicht reiner sein könnten, und die Luft ist noch wie Glas, so hell und kalt, obgleich die Sonne schon spürbar wärmt.

Irene liegt auf dem Rücken, die Hände unter dem Kopf gefaltet, wie eine Träumende ...

Was sie indessen noch immer am meisten verwundert, ist vielleicht nicht einmal diese Aussicht, sondern einfach die Tatsache, daß er sie überhaupt auf einen Berg geführt hat, obschon er gestern sagte, er habe keine Zeit, und obschon sie ihn nicht wieder darum gebeten hat.

Überhaupt scheint er wie verwandelt ...

Er pfeift, während er den Tee eingießt oder eine Büchse öffnet; er scheint zufrieden und heiter, wie noch nie. Er zeigt ihr die Berge, die er alle kennt, und nennt ihr das Matterhorn, das Weißhorn und den Dom, in der glasblassen Ferne sogar das Finsteraarhorn und den Eiger, und dabei kommt sein Kopf manchmal sehr nahe, damit sie über seinen zeigenden Finger blicken kann. Er zeigt ihr auch die Spur, die sich über den blendenden Firnhang schlängelt und die ihre eigene Spur ist, und dann, als sie getrunken und gefuttert haben, versorgt er alles wieder in den Sack, den er ihr als Kopfkissen gibt, damit sie es noch bequemer habe ...

Manchmal geht wieder ein scharfer Wind, wie ja meistens auf einem Gipfel, und von den weißen Graten, die sich in den blauen Himmel schwingen, fegen ganze Fahnen, die wie Silber in der Sonne glitzern und wieder verschleiern.

Irene kann nicht wissen, warum er so verwandelt ist, so natürlich, zum erstenmal, und so zufrieden mit dieser köstlichen Welt, die ihnen gleichsam zu Füßen liegt und die er immer wieder betrachtet, lange und mit einem offenen Blick, mit einem ungetrübten und gesunden Blick. Und warum er auch sie mitunter wieder anschaut, einfach anschaut, wie sie neben ihm liegt und schon braun ist, wie der Wind mit ihren Haaren spielt oder wie ihre Brust immerzu steigt und sinkt und steigt, wenn sie atmet, und wie sie mit geschlossenen oder vielleicht auch blinzelnden Augen die warme Sonne genießt, mit halboffenem Mund und irgendeinem glücklichen Lächeln.

Vielleicht erinnert es ihn an die Frau, die in seinen Traum gekommen ist, eine Frau, die nicht Barbara und nicht Irene war, sondern beide und keine und alle, wie es in Träumen möglich ist, eine Frau, die hundert Gesichter hat und der man nicht entfliehen kann, da sie in allen Frauen ist, und die ihre Arme auftat, so mütterlich und so anders zugleich, wie es in Träumen möglich ist, so unsagbar einfach ...

Wie still es übrigens ist, wenn man wieder aufschaut, hier auf dem Gipfel, wie still und einsam. Nur eine schwarze Bergdohle ist noch da, die auf dem weißen Kreuz sitzt, bis sie wieder ins Leere hüpft und die schwarzen Flügel spannt, um ihr Stürzen aufzufangen; in lautlosen Schleifen segelt sie dann um die Felsen, ganz vom Winde getragen, und verschwebt über Gründen, die den Menschen schwindeln lassen, fast ohne Flügelschlag. Und dann, wie auch dieses letzte Lebewesen aus der Welt verschwunden ist, gibt es bloß noch den eigenen Atem, den man hört, oder einmal ein raschelndes Geräusch, wenn der Wind mit einem weggeworfenen Brotpapier oder einem umgestürzten Becher spielt.

Irene, die noch immer auf dem Rücken liegt, hat ihre Augen nicht aufgetan, als sie ihn nahe fühlte, als er sie küßte, auf Mund und Stirn und Augen küßte –

Später lächelt sie:

Ob er nicht schon lange gewußt habe, daß sie ihn liebe?

Und sein Gesicht ist ohne Zweifel, zum erstenmal, ohne Angst und ohne Spott. Und ohne Ehrgeiz. Ein lächelndes Gesicht, dem man es ansieht, wie glücklich er ist, wie fraglos glücklich, auch wenn er später vielleicht wieder behaupten wird, er wisse nicht, was Glück sei.

»O ja«, sagt er nur und legt sich ebenfalls auf den Rücken, faltet die Hände unter dem Kopf und schaut ins Blaue hinaus: nun wäre es himmlisch, wenn man nie wieder zu Tale müßte, nie wieder …

Auf einem Gipfel gibt es ja nichts, was das Glück stört, es gibt nur diese schrankenlose

Stille, und wie gut ist es, wenn man so mit geschlossenen Augen liegt und die Sonne durch die Lider glühen läßt, rot und blau und gelb, wie ein buntes Kirchenfenster. Oder wie eine blühende Wiese. Oder manchmal auch wie muntere Laternen, die durcheinander schaukeln und sich in einem Wasser spiegeln. Was kann man nicht alles sehen, wenn man seine Augen schließt und sein eignes Blut in seinen Lidern schaut! Da schwimmen Schiffe auf goldenen Meeren, und Küsten heben sich aus glitzernder Ferne, fremde Küsten und Türme darauf, und weiße Vögel, die um diese Türme kreisen und über dem silbernen Gischt. Da sieht man Blumen, lauter Blumen, die vielleicht Küsse bedeuten oder Tränen oder Wollust oder Tod, ein bluthellerer Strauß, ein flimmernder Strauß, und leuchtende Bänder und Mädchen, die tanzen, man sieht die Töne, die sie singen, und alles ist Farbe, alles ist Leben, alles ist Wirbel; da gibt es keinen Stillstand und keine Leere, da gibt es Abenteuer, da gibt es das Glühen leidenschaftlicher Herzen, die nicht in grauer Asche ersticken, sondern verbrennen in Liebe, in Haß, in Lust und Leid, in allen Farben, die in deinem Blute sind, und die vorüberschwimmen, und die gelebt sein möchten …

Einmal, ganz unerwartet, fragt er sie:

Ob sie denn mitkommen würde? Einfach mitkommen, auf und davon, über alle Berge?

Sie muß blinzeln, da sie den Kopf dreht und ihn anschauen will …

In irgendein Land, sagt er, wo es keinen Alltag gebe, wo man keinen Menschen kenne, wo man wirklich leben könnte, ohne Bindung und ohne Rücksicht, ohne alles, was nicht dazu gehört, ein wirkliches Leben, ein Leben ohne Gewöhnung, ein Leben voll Erlebnis, ein Leben, wie es unsere Sehnsucht kennt, ein neues und anderes, ein lebenswertes Leben –!

Irene schweigt; aber es ist ihr, als habe sie das auch schon gedacht.

Warum folgen wir unserer Sehnsucht nicht? Warum eigentlich? Warum knebeln wir sie jeden Tag, wo wir doch wissen, daß sie wahrer und reicher und schöner ist als alles, was uns hindert, was man Sitte und Tugend und Treue nennt und was nicht das Leben ist, einfach nicht das Leben, das wahre und große und lebenswerte Leben!

Warum schütteln wir es nicht los? Warum leben wir nicht, wo wir doch wissen, daß wir nur ein einziges Mal da sind, nur ein einziges und unwiederholbares Mal, auf dieser unsagbar herrlichen Welt!

Man könnte so viel, sagt er, wenn man Mut hat. Man könnte alles zusammenpacken, was man besitzt, und alles verkaufen; man hätte Geld genug, damit man über die Grenze kommt und durch das nächste Land. Am besten dürfte es sein, meint er, wenn man gegen Süden ginge. Man könnte wandern und in Dörfern schlafen, deren Namen man noch niemals gehört hat; so würden es die Namen heimlicher und unverwechselbarer Nächte. Und wenn es Sommer ist, könnte man auch im Freien schlafen, irgendwo in einem Feld, wo ein fremder Mond über den weißen Nebeln schwimmt und fremde Vögel rufen. Man könnte zu Bauern kommen, deren Sprache man nicht versteht, und man würde Garben binden, einen ganzen Tag, damit man weiterleben darf, und es wäre kein leichtes Leben, das gibt er zu, es wäre ein hartes und oft verzweifeltes Leben, ein bodenloses und aufreibendes Leben, aber es wäre ein Leben!

Und es könnte ja sein, daß man auch einmal eine Stelle findet, wo das andere weiterziehen muß, und es gäbe Abschiede, die vielleicht für immer sind, Abschiede in fremden Städten, wo bunte Schiffe in einem Hafen stehen, wo man sich küßt und weint und nicht vor den Gesichtern bangt, die man nicht kennt, und wo man einfach auf einem Koffer sitzt, allein, ohne Bindung und ohne Adresse, nach allen Winden bereit. Es könnte auch sein, daß man auf dem Schiff einen blassen Herrn trifft und daß man Glück hat, daß man in eine Farm kommt, wo man für viele Jahre bleibt und Nützliches leistet. So gut es sein könnte, daß man in Seenot kommt und irgendeinen Gott erkennt, bevor man untergeht, einen wirklichen Gott vielleicht, der uns erlöst, wenn er uns sterben läßt. Warum sollte es nicht sein? Wie die Winde sind die Möglichkeiten unseres Lebens, und warum wagt man nie, die Segel auszuspannen? Alles ist besser als ein Leben, das nicht gelebt ist, sogar das Unglück ist besser, der Schmerz und die Verzweiflung, das Verbrechen, alles ist besser als die Leere! Und es könnte auch sein, daß man sich treu bleibt, weil man sich nichts versprach; daß man sich noch einmal begegnet, irgendwo in der Welt, an einem Abend vielleicht, man könnte sich noch einmal die Namen jener Dörfer sagen, die die Namen heimlicher und unverwechselbarer Nächte sind, man könnte erzählen, was seither war, und es wäre gewiß nicht wenig, es wären viele Qualen und Irrtümer dabei, aber keine Leere, es wäre ein Abend, der alles versöhnt, der unsere Geburt und unser Sterben wert ist, es wäre vielleicht in einem Bahnhof, wo die Menschen wie lärmende Schatten vorübereilen, oder auf einem Damm draußen, wo man übers Meer schaut und das endlose Tosen hört, wo man nicht sprechen kann und sich nur die Hände hält. Wie groß könnte eine solche Liebe sein, die sich nicht halten wollte! Und eines Morgens, wenn das andere noch schläft, warum soll man nicht leise aufbrechen, warum soll man nicht ein Glück verlassen, bevor es uns verläßt, warum soll man jede Sehnsucht ersticken? Leben ist Sehnsucht, und es könnte sein, daß das Verlorene größer ist denn alles, was man ergriff, und daß man erst wirklich lebt, wenn man den Mut zum Verlieren hat, wenn man alles abwirft, seinen Namen und sein Bürgertum und alles, nur sein Schicksal nicht, und wenn man lebt, als lebe man immer seinen letzten Tag –

Dann schauen sie lange in die Bläue, die so tief erscheint, wenn man auf dem Rücken liegt und nichts anderes schaut, so tief und dunkel, als sehe man, jenseits des Tages, die Weltnacht.

Mut, sagt er, nur Mut brauchte es dazu –

Und ein Ernst, den sie kaum erwartet hat, ein jugendlicher, stürmischer Ernst ist in seinem Gesicht, als er sich aufgerichtet hat und sie anblickt:

Ob sie diesen Mut hätte? fragt er und hält sie sehr fest, fast schmerzend fest: Ob sie diesen Mut hätte, aufzubrechen in ein neues und wirkliches Leben, wo es keine Rücksicht gibt und wo man alles wagt für seine Sehnsucht? Und wirklich aufzubrechen? Und aufzubrechen mit ihm?

»Oh!« sagt sie nur ....

Dann hat sie ihn niedergezogen, mit sanfter und weicher Macht, ganz in ihre Arme, ganz an ihre Brust, und unter Küssen, die sehr heiß und sehr entfesselt sind, versprechen sie es: daß sie alles vergessen wollen, alles vergessen, was vergangen ist, und alles opfern, was nicht zu ihrer Zukunft gehört, zu ihrer Sehnsucht, zu ihrer Liebe, zu ihrem neuen Leben.

»Alles?« fragt sie.

Und er beschwört es:

»Alles!«

*

Barbara ist diesen ganzen Tag kaum vom Gasthaus weggegangen, oder jedenfalls nur so weit, daß sie noch stets die Zugänge überblicken konnte; und als es endlich gegen Abend geht, nimmt sie sich einen Liegestuhl und setzt sich auf die Wiesenterrasse, unmittelbar vors Haus, so, daß er geradezu an ihr vorübergehen muß, wenn er mit der andern heimkommen wird.

Wie Seide ist die Luft an diesem Abend, der noch ganz wolkenlos geworden ist, und man könnte meinen, die fernen Berge seien auf den Himmel gemalt, so körperlos erscheinen sie nun, so zart und duftig ...

Es ist übrigens sonderbar, wie sicher Barbara weiß, welcher Art sie sein muß, diese andere. Obzwar sie kein Wort über sie gehört hat, weiß sie zum Beispiel, daß sie älter als einundzwanzig Jahre ist. Sie weiß es einfach. Vielleicht ist sie sogar eine Frau, die schon verheiratet ist oder verheiratet war, auch wenn sie es ihm natürlich verschweigt. Jedenfalls ist sie kein Mädchen mehr, und das ist es ja, was ein Mädchen am meisten fürchtet. Ein Mädchen ist so schüchtern, wenn es liebt, ein Mädchen verstummt, wenn der Mann nur sagt, daß er Kopfweh habe, und glaubt jedes Wort, das er sagt, ein Mädchen läßt sich führen, oder es scheint jedenfalls so, denn es glaubt an den Mann, den es liebt, wie früher an den Vater und noch früher vielleicht an den lieben Gott, es glaubt an alles, was er tut oder läßt, es glaubt an seine Stärke, an seine Zukunft, an seine Talente, und wenn er manchmal verzweifelt, ist es traurig, aber dennoch überzeugt, daß er ein großer und unvergleichbarer Mann ist, es versteht wohl seinen Ehrgeiz nie, aber es nimmt ihn ernst und zweifelt nie an ihm. Und vielleicht ist es gerade dies, was einem Mann mitunter sehr lästig wird? Zumal wenn er selber nicht mehr an sich glaubt. Auch eine Frau versteht ja seinen Ehrgeiz nie, aber sie nimmt ihn darum auch nicht ernst, sie nimmt seine Gespräche und Gedanken hin wie den Schnitt seiner Anzüge, und wenn er redet und redet, über Gott und die Welt, nickt sie und zeigt ihm ihre Beine, und vielleicht, so denkt Barbara, gefällt das den Männern eben besser, als wenn man seinen Kopf anstrengt und am Ende immer einverstanden ist. Männer formen sich so gerne die Wesen, die sie lieben, und man sieht es schon an den Buben: was sie nach ihrem Sinn geknetet haben, das werfen sie wieder fort, das hat keinen Reiz und keinen Wert mehr. Und darum war es vielleicht nicht einmal gut, daß man alles gut fand, was der geliebte Mann tat und sagte, ja, zum ersten Male ahnt Barbara, an diesem Abend vor dem fremden Gasthaus, daß es auch sehr schlecht sein kann, was ein geliebter Mann tut, und sie ahnt es nicht ohne einen gewissen Stolz, denn vielleicht ist dies schon der erste Schritt, daß auch Barbara nach und nach eine Frau wird ...

Wenn nicht alles schon zu spät ist.

Auf dem Ochsenjoch, am Fuße des Nordgrates, wird um diese Zeit gerade das Zelt aufgestellt; es werden die Pflöcke in den harten und erdarmen Boden gestoßen, und dann, als sie das weiße

Tuch ausgebreitet haben, setzt er auch die Stützen ein und spannt die Schnüre, und Irene hat eine helle Freude, da es nun ein wirkliches Zelt wird und man auch schon hineingucken kann, wie in ein kleines Zimmerchen, das für zwei Menschen gerade genug ist.

Überhaupt herrscht eine frohe Stimmung –

Auf dem Abstieg haben sie noch Edelweiß gefunden, die ersten Edelweiß, die Irene eigenhändig gepflückt hat, und über lange Schneehalden sind sie gerutscht, ein Sausen und Jauchzen war es, und nachher, als man unten stand und verschnaufte und nochmals zurückschaute, Arm in Arm, konnte man es kaum glauben, daß man auf jenem Gipfel gewesen ist, und alles war wie das Aufschauen aus einem Rausch.

Und nun ist es noch ein schöner, fast windstiller und warmer Abend; der untere Sandgletscher hat zwar schon Schatten, auch der nahe und ungeheure Nordgrat, der den Wandrer übrigens nicht weiter mehr kümmert …

Aber hier ist noch Sonne, wo die beiden sitzen. Sie schaut ihm zu, wie er alles macht, wie er den Kocher aus dem Rucksack kramt und zusammensetzt, wie er zum nahen Bach geht und über die spitzen Blöcke klettert, damit er die beste Stelle erlange und möglichst sauberes Wasser bekomme; wie er es ausgießt und noch einmal füllt, und wie er so behutsam mit dem vollen Geschirr zurückkommt. Sie wollte ihm am liebsten einen Kuß geben, gerade jetzt, und in die Arme pressen wollte sie ihn, damit er fühlen müßte, wie dankbar sie ist, wie froh, wie glücklich!

Was denn los sei? fragt er.

Was soll schon los sein …

Mit Steinen hat er einen windstillen Herd gebaut, damit man nicht allzulange aufs Sieden warten muß. Dann füllt er auch den Brennstoff ein, verschraubt und versorgt die Flasche wieder. Das alles macht er sehr gelassen, zufrieden und wortlos.

Über den fernen und tiefen Tälern hängt nun wieder der blaue Dunst, und das abendliche Licht, das den hohen Raum erfüllt, wird unterdessen immer dünner, milder und goldener; dann ist es immer, als bekomme alles ein Gesicht, das gegen Westen schaut, jeder Fels und jeder Halm, alles glänzt dahin, als bete es gleichsam zur sinkenden

Sonne, und alles hat auch schon seinen nahen und scharfen Schatten hinter sich, jeder Fels und jeder Halm und jedes Geschirr ...

Nur einmal, als er gerade anzünden will, unterbricht sie das Schweigen:

»Bist du denn verheiratet?«

Sie hat seine Hand gefaßt und blickt auf den Ring, der sehr schmal ist, dann auf ihn, und es tut ihm leid, daß ihre jubelnde Freude für einen Augenblick wie verscheucht ist.

Er sei verlobt – ja.

Dann muß er ein neues Streichholz anzünden. Als der Docht brennt, deckt er das Wasser zu und sagt bloß: Ob sie das denn nicht gewußt habe? Sie schaut auf die dünne, bläuliche und kaum sichtbare Flamme im Kocher, und er nimmt eine Büchse aus dem Rucksack, die nach Kaffee duftet, sobald er sie aufschraubt.

Ob seine Braut denn wisse, wo er an diesem Abend sei? fragt sie, oder ob er sie denn belüge ...

Er stellt den Kaffee neben den Kocher, damit alles bereit ist, wenn es siedet; auch den Zucker vergißt er nicht.

Es wäre nicht das erstemal, sagt er nebenbei ...

Später hört man endlich das Summen im Kocher. Aber es siedet noch nicht. Es bilden sich erst jene kleinen Bläschen, die sich wie Perlen an die Pfanne setzen, und er legt den lauwarmen Deckel wieder auf. Und sagt dann, ohne daß er sie anblickt:

Ob sie ihm das nicht zugetraut habe?

Daß er verlobt sei?

Daß er lüge ...

Als er sie ansieht, sitzt Irene noch wie zuvor, ihren Körper auf den linken Ellbogen gestützt, und zieht sich kleine Halme durch den Mund.

Es lügen wohl alle Menschen, meint sie.

Dann trinken sie ihren Kaffee, der sehr heiß ist. Und als die Sonne bereits untergegangen ist und die Berge verblassen, sitzen sie noch immer draußen. Es ist dann, als wären diese Berge, die sich für eine Stunde gleichsam mit dem glühenden Himmel verschmolzen und nur noch als ein schwebendes Leuchten erschienen, wieder zurückgefallen in ihre wirkliche Schwere; hart und grau stehen sie da, während der Himmel nun eine gläserne Helle hat und immer höher steigt, bis im Osten schon die ersten Sterne hereinsickern.

Gesprochen haben sie nicht mehr viel, oder jedenfalls nur, was den Kaffee betraf oder das Geschirr oder das Aufräumen.

Und erst spät, als sie nach und nach immer lauter schlottern, finden sie es an der Zeit, daß man endlich ins Zelt kriecht. Sie ziehen ihre Schuhe aus und stopfen sie mit trockenem Papier, wie es sich gehört. Und auch die beiden Rucksäcke werden hereingenommen, damit sie am andern Morgen nicht durchnäßt sind. Alles wird in dem engen Raum verstaut. Auch die Taschenlampe wird nochmals erprobt und dann in erreichbarer Nähe aufgehängt, bevor man in den Schlafsack schlüpft und es sich bequem macht ...

Aber das Firsttuch, das gleichsam die Türe darstellt, haben sie noch nicht geschlossen, damit man noch eine Weile hinausschauen kann aus dem Warmen und Geborgenen.

Und so liegen sie nun also beisammen, in ihrem Zelt, das immer weißer erscheint, je dunkler die Nacht wird. Manchmal geht es wie ein Schlottern über das gespannte Tuch. Dann steht es wieder still und straff, in der Form wie ein großer Sarg, und man hört nur das Rauschen eines unsichtbaren Gletscherbaches, der irgendwo über die Felsen stürzt, ein kaltes und endloses Rauschen.

Er habe sich einmal geschworen, daß er die Ausnahme machen werde, erzählt er fast heiter. Daß er ein Mensch sein wolle, der niemals lüge. Das sei allerdings schon lange her. Es war vielleicht das erstemal, daß er überhaupt mit einem Mädchen allein war, auch in den Bergen, und es lag eigentlich kein besonderer Grund vor, daß er es schwor. Alles wollten sie einander vertrauen, was auch zwischen sie kommen möchte, und einen Sommer lang war es wie ein Spiel, dieses Gestehen jeder harmlosen Wahrheit. Sie waren beide noch sehr jung. Und einmal, als sie miteinander durch den Wald streiften, zerriß das Mädchen seinen guten Rock, und auch da verlangte er, daß sie ihren Eltern, die noch nichts von dieser Freundschaft wußten, einfach die offene Wahrheit sagte. Das sei immer das beste, meinte er. Und sie tat es damals auch, und noch in der gleichen Woche schickten ihre Eltern sie ins Welschland, damit sie Französisch lerne. Das habe man nun von dieser Wahrheit, schrieb sie in ihrem ersten Brief; er dagegen blieb auch damals noch fest und unerbittlich und voll Glauben, daß es nur auf der vollkommenen Wahrheit ein vollkommenes Glück gebe, alles andere würde ihre Liebe nur schänden, schrieb er ihr. Und es war gewiß ein echter Glaube darin. Natürlich schien alles nicht so einfach, als es auch Wahrheiten gab, die nicht mehr harmlos waren; als er einmal, nach einer Gesellschaft, eine Frau durch die späte Nacht begleiten mußte, eine fremde und erwachsene Frau, und als man Arm in Arm ging. Alles war so plötzlich gekommen, an einem lauen und dumpfen Sommerabend, und es waren Küsse, wie er sie noch nie erfahren hatte, erwachsene und wildere und heißere Küsse, die einen jungen Menschen sehr betäuben konnten, eine neue und so andere Welt, was diese Frau an ihn herantrug, eine andere Liebe, die sich nicht im Träumen genügte, die an Erfüllung glaubte –

Als er übrigens merkt, wie er ins Erinnern gekommen ist, schweigt er eine Weile; es ist wohl das erstemal, daß er überhaupt einem andern Menschen von dieser Geschichte erzählt hat.

»Und die Wahrheit?« fragt er dann nur. Ob sie meine, es sei wirklich immer das beste, wenn man einfach die offene und nackte Wahrheit sage?

Aber Irene antwortet nicht …

Ja, lächelt er später, man werde eben erwachsener, reifer sozusagen, oder jedenfalls weltgerechter, und dazu gehöre es wohl auch, daß man eher sein eigenes Gewissen opfere, als den guten und schönen Glauben eines andern, was vielleicht leichter wäre; es sei ja alles nicht so einfach, wie man es sich als Jüngling dachte.

Nach und nach streicht übrigens eine feuchte Kühle über den Boden; aber sie schließen das Zelt noch immer nicht …

Vielleicht erinnert er sich noch weiter, da er die ganze Zeit schweigt, und denkt daran, daß alles so anders gekommen sei, auch jenes andere, was man einmal geschworen und geglaubt hat, so leidenschaftlich geglaubt, als man noch jung war. Man begriff ja die Erwachsenen nicht, die eine solche Liebe hinnahmen, und entsetzte sich im Gedanken, daß man selber das Kind einer solchen Liebe war, daß man seine eigenen Eltern nicht ausnehmen konnte aus dem allgemeinen Abscheu. Man konnte sich nur schwören, daß man niemals mitmachen würde. Und nichts hat die jugendliche Seele tiefer empört, als wenn die Erwachsenen sagten, man würde sich an alles gewöhnen, auch ihnen sei es so ergangen. Und das sollte ein Trost sein, daß auch sie dieser Welt erlegen sind? Und gerade zum Trotz wollte man es ihnen zeigen, daß man anders war, und ganze Geschlechter, die vor uns diesen Weg gegangen sind, genügten nicht als Mahnung; man war jugendlich genug und verachtete sie alle, eine ganze Menschheit, man ließ sich von Jahrtausenden nichts vormachen und zögerte nicht, eine ganze Welt in eine Waagschale zu legen und sich allein in die andere, und aufwiegen wollte man sie alle und ein Heiliger sein, anders als alle, die jemals lebten! Und dann kam die Stunde, die alles widerlegte. Noch hätte man sie vielleicht ausschlagen können, wie schon so oft. Aber einmal hatte man sie eben nicht ausgeschlagen, und man begriff es vielleicht erst nachher; es war ja alles wie ein großes Versehen gewesen, aber es war gewesen, und als man aus dem nächtlichen Wald kam, flimmerten die Sterne wie immer, und nichts war anders, nichts war eingestürzt und nichts war aufgegangen über dem

Wald, der dunkel und schweigsam zurückblieb. Nicht einmal erschüttert war man, nicht zerbrochen wie ein kostbares Gefäß, das auf die Erde fiel, und auch nicht das andere, nicht erlöst. Nur traurig, wie man es seither im Grunde immer blieb, und ausgebrannt war nun der fromme Wahn vom Anderssein. Es kam die erste Straßenlampe, und Leute gingen vorbei, als wäre nichts geschehen, und auch die Häuser schauten gradaus, einfach gradaus, als hätten sie alles schon lange gewußt. Und ohne Geheimnis schien fortan die Welt, und man wußte nicht, was reden. Man ging noch Arm in Arm, und eines sagte vielleicht, es sei schon spät, oder morgen werde es regnen. Und dafür hatte man gebangt bis auf den Grund seiner Seele, jahrelang gebangt, dafür? Irgendwo wünschte man sich gute Nacht, man lächelte sehr verschwommen und zerstreut, nicht verlegen, aber wie zwei, die einsahen, daß sie sich geirrt hatten und daß es sich nimmer ändern ließ, und erst zu Hause, als man allein war, löste sich alles, und man weinte vielleicht, wie ein Kind, das man nicht mehr war. Man dünkte sich so alt, mit einem Male so alt, und wenn der Tod nun käme, man könnte nicht einmal mehr sagen: Lieber Tod, ich habe noch nicht gelebt. Und nicht mehr seine reinen Hände zeigen –

Daß er gerade jetzt daran denken muß, während er mit der jungen Fremden in seinem weißen Zelt liegt, er kann es nicht ändern; er lächelt nur manchmal, damit sie nicht meint, er habe sie vergessen, oder er legt seinen Arm um ihre kleinen Schultern, wenn sie schlottert.

Kein Licht ist draußen sichtbar, das von Menschen angezündet ist. Nur die Sterne funkeln über dem Gebirge, und es ist hell, daß man sogar die Halme erkennt, die auf dem nahen Boden stehen, fast wie am Tag, nur daß es ein andrer Schein ist, ein lebloser Schein, der sich über die Dinge gießt, matt und schattenlos, sehr sonderbar, als sei man auf einem andern Gestirn, wo es kein Leben gibt, auf einem Gestirn, das mit all seinen Felsen und Firnen nicht für Menschen geschaffen ist, so unsagbar schön es auch sein mag.

»Ach ja!« sagt Irene einmal und meint wohl, sie habe seine verschwiegenen Gedanken erraten.

Er müsse nicht denken, sagt sie, daß er der einzige Mensch sei, der mit einem schlechten Gewissen umhergehe –

Und es mag sein, daß er nun lächelt, wie es Liebende oder Zerstreute tun, oder daß er mit seiner Hand sogar über ihr Haar streicht, da es gerade einen sehr unwirklichen Glanz hat in dieser sternlichten Nacht.

Auch sie, sagt sie, auch sie hätte es sich nie zugetraut. Und dann zupft sie immerzu an einer Zeltschnur, während sie von ihrem Mann erzählt, der in einem Lehnstuhl liege und immer feuchte Hände habe, wenn man komme, und dessen Augen sie fürchte wie nichts in der Welt, wie nur noch den Tod, und vielleicht sei es sehr feige und sehr gemein von ihr, aber sie könne es nicht ändern, sie könne einen kranken Mann nicht lieben, sagt sie. Wenn sie weg sei, meine sie ja immer, sie müßte es können, aber dann, wenn sie ihn wiedersehe und wieder seine feuchten Hände fasse – man könne einen sterbenden Mann nicht lieben, sagt sie, man könne das nicht!

Er schweigt.

Ob er das denn nicht begreife? fragt sie, fast

heftig, jedenfalls sehr bange und ängstlich, indem sie ihn anblickt.

Er habe bloß nicht gewußt, daß sie verheiratet sei, antwortet er mit besänftigender Stimme …

Oh, sagt sie später, er müsse nicht meinen, daß sie ihren Mann nie geliebt habe, wirklich geliebt, und sie erzählt, wie sie einander kennenlernten, in einem Meerbad war es, und wie sie miteinander segelten, und wie er dann ins Ausland mußte und sie einander Briefe schrieben, wirklich fast jeden Tag. Und wie selig sie gewesen seien, als er endlich eine Stelle hatte und sie sich heiraten konnten, zwanzig Jahre war sie damals, und sie erzählt auch, wie sie zusammen lebten in ihrer Ehe, die fünf Jahre dauerte, und welch guter und froher und erfolgreicher Mann er gewesen sei. Bis er das Unglück mit dem Wagen hatte, und man habe schon gemeint, daß alles wieder gut sei, sagt sie, er sei auch schon wieder seinem Geschäft nachgegangen. Und dann sei das mit der Lunge gekommen, und sie erzählt immer langsamer und mit großen Pausen, und so ginge es nun schon seit drei Jahren.

Dann schweigen beide …

»Scheiden?« sagt sie und zuckt die Achseln: das wolle er ja nicht, kein Kranker wolle sich vom Leben scheiden, und keine Gesunde, fügt sie hinzu, wolle kranke Kinder haben –!

Wie aus Wachs erscheinen ihre nahen Gesichter, so hell, und sie sehen auch, wie sie atmen, wie der graue Hauch sich in der großen kalten Nacht verliert.

Nun wisse er ja wohl, warum sie mit ihm gekommen sei, sagt sie, und nun habe er wohl Mitleid mit ihr ...?

Sehr bitter hat das geklungen, und er weiß, daß es nun sehr dumm wäre, was er auch sagen möchte. Sie liegt neben ihm, und er schaut sie lange an, ohne daß er ihr Gesicht noch erkennen kann, das nun im Dunkeln liegt. Aber als sie spürt, daß er sich neigt und sie küssen will, faßt sie mit beiden Händen seinen Kopf und hält ihn und wehrt ihn ab, sehr sachte und sehr entschieden:

Nicht –!

Und dann, als seine irrende Hand über ihr Gesicht gestrichen ist, weiß er auch, daß sie lautlos weint.

Es ist ja alles so lächerlich, dieses ganze Leben,

auch wenn man den Mut zum Abenteuer hat, so ausweglos lächerlich und gewöhnlich ...

Kein Wort hat er mehr gesprochen.

Sie hat dann nach seiner Hand gegriffen, doch er faßt die ihre nicht. Sie hört nur den Gletscherbach rauschen, der sie wach hält, Stunde um Stunde, aber sie spürt es seiner Hand nicht an, ob er schläft oder träumt oder ebenfalls wacht. Es ist wie die Hand eines Toten, was sie hält, leise und dennoch fest, und sie will sie nicht loslassen, bis zum Morgen.

– – – – – – – – – – – – – – – – – –

Am Morgen aber, als Irene erwacht, weil sie am Rücken friert oder weil schon die Helle durch das nasse Zelttuch dringt, findet sie sich allein. Und auch draußen ist natürlich niemand. Einsam steht das weiße Zelt zwischen grauen Steinen, naß und schlaff, und nur das endlose Rauschen des Gletscherbaches ist noch da.

Es hilft nun nichts, wenn sie sich erinnert, daß sie ja seine Hand halten wollte, daß sie nicht hätte einschlafen dürfen; kein Erinnern und kein Vorwurf hilft, und auch das hilft nichts, daß sie endlich schluchzt, laut und wie ein verlorenes Kind, als sie begreift, wohin er gegangen ist ...

Noch nicht einmal vier Uhr ist es, und alles ist noch grau, der Gletscher und die Moränen und die Felsen, so grau unter diesem leeren und farblosen Himmel, der alle Sterne verloren hat.

Später hat sie natürlich auch gerufen, immer verzweifelter und aus Leibeskräften gerufen, bis sie wirklich seine Stimme hört, aber sehr fern und dünn und zerbrechlich. Jenseits des Gletschers, und sie kann seinen Ruf nicht mehr verstehen, auch wenn sie den Atem anhält. Er muß schon sehr hoch sein. Ab und zu hört man einen spröden und hellen Klang, wenn sein Pickel gegen die Felsen stößt; aber sehen kann sie ihn nicht, es sind immer nur Steine, die sich nicht rühren, und sie weiß ja nicht einmal, wie groß man sich einen Menschen denken müßte ...

Dann färben sich nach und nach die ersten Gipfel, zuerst wie Bronze, dann wie Kupfer und endlich sogar wie Gold. Und die Firne, die das erste Licht bekommen, sind dann wie Elfenbein. Und man sieht, wie die grauen Schatten langsam sinken; immer tiefer kommt der Tag, und die Felsen, die nun in die Sonne tauchen, haben wieder ihre knochenbleiche Farbe. Später läßt auch der Gletscher seine oberste Kante glänzen, als sei sie vernickelt, und dann ist es, als schmelze sein Rand in lauter Weißglut, man kann nicht mehr hinsehen, als die Sonne eben über den Grat flutet.

Aber Irene sitzt noch immer auf dem Stein, wo sie gestern abend gesessen haben, und weiß noch immer nicht, was sie tun soll. Noch öfter hat sie aus Leibeskräften gerufen und gerufen; es kommt keine Antwort mehr ...

Er hat den Kocher zurückgelassen, mit Wasser gefüllt, daneben liegen acht Streichhölzer und die Hälfte eines Schächtelchens, damit man sie anzünden kann, ebenso Brennstoff und die halbe Büchse voll Kaffee; auch seine Karte und ein Kompaß sind noch da.

Es wird ein schöner und warmer und wolkenloser Tag; man sieht, wie die Sonne immer tiefer in die Täler streift, wie sie ihre schrägen Lichtbalken durch die morgendlichen Räume legt, wo nun die stiebenden und schleiernden Wasserfälle wieder glitzern, wie aus Silber oder Glas, und dann hört man auch wieder das friedliche Gebimmel der Herden, irgendwo aus den Tälern, ganz dünn und hell und immer wieder vom Winde vertragen …

*

Für Irene aber, die sich erst nach langem Warten endlich auf ihren einsamen Weg gemacht hat, kommt nun eine schwere und aufregende Zeit, ein langer und banger Abend vor der Hütte, wo man umsonst noch jeden Augenblick auf seine späte Rückkehr hofft, und dann eine schlaflose Nacht, wo man sich alles ausdenken muß, was geschehen sein könnte. Und wo auch wieder die Vorwürfe kommen, die man sich macht und die ja nichts ändern. Vielleicht hätte sie das Zelt nicht verlassen sollen, denkt sie manchmal, sie hätte ihm nachklettern müssen, ganz am Anfang, oder sie hätte ins Tal rennen und Hilfe holen sollen, ohne Zeitversäumen, und alles hätte sie anders machen müssen, nur nicht in dieser Hütte liegen und warten –!

Nicht einmal seine Pfeife hat er aus dem Mund genommen, der Hüttenwart, als Irene ihm fast atemlos berichtete, was ihr Begleiter unternommen habe. Und Irene meinte wohl, daß er noch an diesem Abend hinunterginge und eine Mannschaft holte; indessen nahm er bloß seinen Feldstecher und suchte, ob vielleicht noch jemand in den Gletscherbrüchen wäre, und meinte dann, man müsse eben warten. Und nicht einmal, daß er sagte, ob er ein Unglück befürchte oder nicht. Er kochte nur die Suppe, wie vor zwei Tagen, als sie zusammen am gleichen Tisch saßen, und es änderte auch nichts, daß Irene einmal schluchzte. Man müsse eben warten, sagte er nur, jedenfalls bis zum nächsten Morgen.

Und am nächsten Morgen, wenn man erwacht und sich an alles erinnert, was man augenblicklang nur für einen bösen Traum hielt, und wenn man begreifen muß, daß nun bereits vierundzwanzig Stunden dazwischen liegen, daß man noch nichts getan hat –

Irene ist wie verstört.

Es wird elf Uhr, bis der Hüttenwart endlich seinen leeren Rucksack nimmt und sich entschließt und aufbricht, um ins Tal hinabzusteigen und einmal nachzusehen, wie er sagt, ob man noch heute eine Mannschaft zusammenbringe.

Auch Irene verläßt die Hütte noch an diesem Tag und geht gegen das Ochsenjoch hinauf, wenigstens ein Stück weit, zusammen mit der jungen Barbara, die schon seit vorgestern in der Hütte ist. Und in einer Hütte, zumal unter diesen Umständen, muß man sich ja kennenlernen. Es ist natürlich sehr anders gewesen, als sich beide vielleicht gedacht haben. Es ist nicht nur, als kennten sie einander schon lange; es ist sogar, als kennten sie keine Eifersucht, keinen Haß und kein Mißtrauen, nur die gemeinsame Sorge um den Verlorenen, die gemeinsame Qual, daß man alles für ihn tun möchte und nichts für ihn tun kann. Wer ihn verloren hat, darüber wird kein Wort gesprochen. Auch auf diesem gemeinsamen Gang gegen das Ochsenjoch nicht. Vielleicht schauen sie einander manchmal an, wenn es das andere nicht merkt, wenn das andere gerade durch den Feldstecher blickt oder vor sich hinbrütet, während man auf einem Stein sitzt und wartet und wartet, und es mag sein, daß Barbara dann eine gewisse Frage nicht loswerden kann, eine Frage, die auszusprechen sie sich allerdings schämen würde. Sie fühlt es ja in jedem Augenblick, daß auch Irene ihn liebt, und vielleicht hat sie immer gedacht, daß sie eine Frau nicht ertragen könnte, die den gleichen Mann liebt, daß sie eine solche Frau hassen und anspucken müßte. Aber es ist immer so anders, als man sich denkt, und wie tröstet es Barbara nun, wenn sie spürt, wie sehr auch Irene um ihn bangt, wie sehr auch Irene alles tun möchte, damit er gerettet werde, und es ist, als sei es gerade die gleiche Liebe, die nun die beiden Frauen versöhnt. Jedenfalls solange der Mann nicht da ist. Und wer weiß denn, ob er jemals wieder zwischen sie treten wird?

Indessen wird es abermals Abend, bis die Männer endlich erscheinen, die der Hüttenwart aus dem Tal geholt hat ...

Schon vor einer Stunde hat man sie auf dem Gletscher erblickt, den sie ohne Seil durchquerten, und dann will es nicht werden, bis sie endlich den Geröllhang hinaufkommen; ihr Gang scheint furchtbar langsam, da ihre Schritte sehr groß und gelassen sind, ohne Hast, ohne Fehltritt und ohne Verschwendung, fast mühelos, obgleich sie schwere Lasten auf dem Rücken tragen, große Holzbündel, wie es scheint. Und als sie immer näher kommen, erkennt man auch, daß sie nicht keuchen, sondern nur ihre Pfeife rauchen. Es sind braune und harte Gesichter, und während sie an den beiden Frauen vorübergehen, nicken sie bloß; einzig der Hüttenwart sagt guten Abend, als sie der Reihe nach über die Schwelle gehen, in die Hütte hinein, wo sie ihre Pickel und ihre Bündel abstellen.

Irene und Barbara aber, die sich diese Ankunft der willkommenen Retter vielleicht anders vorgestellt haben, wortreicher vielleicht und gewissermaßen feierlicher, bleiben jenen ganzen Abend draußen, obzwar es sehr kalt wird, und sitzen zusammen auf der Mauerbank, als seien sie aus der Hütte verbannt, die nun plötzlich voll fremder Tritte, voll fremder Stimmen ist ...

Nur einmal wendet sich noch jemand an sie. Es ist dieser Bergführer, der immer im Gasthaus war und zu Irene einmal gesagt hat, daß er keinen mehr holen würde, der in den Nordgrat gestiegen sei. Und nun ist er natürlich trotzdem da. Er ist herausgekommen und hat sich nach dem Wetter umgesehen, das ihm offenbar wenig gefällt, und dann fragt er, wo der junge Herr denn in den Grat eingestiegen sei? Leider kann Irene keine nützliche Antwort geben. Dann möchte er auch wissen, ob ihr Begleiter vielleicht eine Laterne mitgenommen habe? Was Irene bejaht. Und ob er wohl noch immer diesen grünlichen Anzug trage wie drunten im Gasthaus? Und auch das kann Irene bejahen; dabei schaut sie immerzu auf sein Gesicht, ob er das Gehörte vielleicht gut finde oder nicht. Aber er steht nur da, den Schuh auf das Geländer gestützt und immer seinen braunen Filzhut auf dem Kopf, und zum Schluß sagt er nur, sie würden also morgen aufbrechen und einmal die Nordseite absuchen. Und dann, nachdem er seine Pfeife wieder in den Mund geschoben und auch nochmals eine ganze Weile den westlichen Himmel betrachtet hat, wo zwar keine Wolken sind, aber ein matter und rostroter Dunst, als habe man mit dem Finger in den Abend geschmiert, geht auch er wieder in die Hütte hinein.

Immer wieder muß Irene der bittenden Barbara erzählen, was er denn zuletzt gesprochen habe. Und während das Mädchen immer banger scheint, zeigt Irene nun eine große Ruhe, ohne daß sie übrigens weiß, woher sie diese Ruhe nimmt; aber es ist wohl einfach ihre Pflicht, da sie ja älter ist, und es ist, als komme mit der Pflicht auch unversehens die Kraft. Manchmal könnte man fast meinen, sie sei die Mutter; so gut tut es, wenn sie dem verzweifelten Mädchen über die Haare streicht. Dann gibt es keine Schuld und keine Vorwürfe, dann gibt es nur das Leben, das traurig ist und das man dennoch ertragen wird, was auch kommen mag. Man spürt dann auch, daß sie schon manches ertragen hat, und ein Recht hat zu solcher Ruhe. Sie erzählt nicht alles, was er in den letzten Tagen gesprochen hat; denn vielleicht ist es ja wirklich nicht immer das beste, wenn man einfach die ganze und offene Wahrheit sagt, zumal wenn eine Wahrheit vergangen und inzwischen überwunden ist. Aber sie erzählt viel, und sie erzählt es mit Worten, die einen milden Glanz verbreiten, so wie man über Tote spricht, oder jedenfalls über Menschen, die uns verlorengegangen sind –

Drinnen haben sie bereits die Kerzen angezündet, die fremden Männer, die noch ein Glas Wein trinken; sie kommen ja nicht oft im Jahre zusammen und erzählen sich noch dies und das, langsam und schwerfällig, vom Heuen, das sie mitten in der Arbeit haben verlassen müssen, auch vom Vieh und vom Wald, den ihnen im Frühjahr ein großer Bergrutsch vernichtet hat.

Draußen aber, über den Gletschern und Firnen, wird es eine kalte und windige Nacht; der schmale Mond hat einen Hof, und schwarz stehen die Felsen vor diesem milchblassen Gewölk, schwarz und körperlos. Und in den Gletschern, die so stumm in diesem fahlen Mondlicht liegen, klaffen und gähnen nun die Spalten, wie aufgerissene Fischmäuler; in den Wänden schimmert der Schnee, als könne man seine Kälte sehen, und so ungeheuer ist alles, wenn man weiß, daß ein Mensch da draußen ist, irgendwo in einer solchen Wand, wo es kein Vorwärts und kein Rückwärts gibt, nur diese tödliche Kälte des Raumes. Es ist, als zeige Gott ein anderes Antlitz in solcher Nacht, ein wahreres Antlitz vielleicht, das nichts von Menschen weiß und ohne Erbarmen scheint, ohne Gnade gegen das Leben, so stumm und starr, so steinern und fremd, so maßlos ernst, und noch lange kann Barbara ihr ausbrechendes Schluchzen nicht unterdrücken, obschon Irene sie tröstet und sie in die Wolldecken hüllt, so wie sie es gelernt hat, und obschon sie auch die Laterne nicht auslöscht, damit man das nächtliche Gebirge nicht durchs Fenster sehe ...

In dieser Nacht, gegen zwei Uhr, sind dann die Männer aufgebrochen. Man hat sie gehört, obschon kaum ein Wort gesprochen wurde; nur einer hat über das Wetter geflucht. Und in der Tat, als es endlich gegen Morgen geht, ist der Himmel bedeckt, sogar vollkommen bedeckt, und nicht einen einzigen Gipfel sieht man, nur die Wände, die sich im grauen Nebel verlieren.

Es ist Irene, die dann das Feuer anmacht, das eiskalte Wasser aufsetzt und auch die Tassen auf den Tisch stellt. Wie laut es tönt, wenn sie die Löffel in die Tassen legt. Sonst hört man ja nur das Knistern im Herd, oder das Klappern ihrer schweren Holzschuhe, dann und wann auch den Wind, der im Schornstein flötet, und jedes weiß, was das andere wohl denkt, auch wenn es niemand ausspricht:

Das ist nun schon der dritte Tag –

Vor der Türe draußen, wo man das Holz holt, sind die Steinplatten ganz naß; es hat in der Nacht geregnet. Und in der Höhe, wie man annehmen muß, sogar geschneit, wenn auch nur eine dünne Schicht. Manchmal sieht man das Weiß, wenn es irgendwo für einen Augenblick aufreißt. In der Tiefe dagegen, wo immer neue Schwaden aufsteigen und man ein starkes Rauschen angeschwollener Bäche hört, erscheinen die nassen Felsen wie schwarze Kohlen, die glänzen, und der Gletscher ist grau, wie mit Asche verschmutzt, nur in den großen Brüchen und Spalten schimmert es grünlich, wie Flaschenglas.

Später haben sie alles abgewaschen und abgetrocknet, auch das Geschirr, das die acht Männer zurückgelassen haben. Dann nimmt Irene noch den Besen und wischt den ganzen Boden, während Barbara nur auf der Bank sitzt und schlottert und wartet …

Und als Irene den aufgeschaufelten Schmutz hinausgetragen und über die Felsen geworfen hat und wieder hereinkommt, putzt sie auch noch die benützte Pfanne, was allerdings nicht nötig wäre, und später nimmt sie sogar einmal die Axt und versucht sich im Holzspalten, unbekümmert um das Mädchen, das noch immer auf der Bank sitzt und zuschaut, wortlos und schlotternd, beide Hände in den Taschen.

Ob sie denn glaube, daß sie ihn wirklich finden werden? fragt Barbara einmal, und man hört es wohl, daß sie, Barbara, kaum mehr daran glaubt. Auch wenn Irene ihr sagt, daß so vieles möglich sei: Vielleicht habe er die vergangene Nacht schon wieder im Zelt verbracht, vielleicht sei er auch nach einer andern Seite abgestiegen und befinde sich bereits wieder im Tale, vielleicht irgendwo in einem Heustadel oder sogar bei einem Hirten ...

Ja, vielleicht.

Aber der Glaube kommt ja nicht aus dem Kopf, und das Herz ist bei Barbara nicht so, daß es glauben könnte. Es ist voll Erinnerung, wie sie einander zum letztenmal gesehen haben. In jenem albernen Zank, wie es ja unter Verlobten schon möglich ist. Und umsonst hat sie fast die ganze Nacht schlaflos gelegen und gesucht, warum sie sich damals gezankt hatten, warum eigentlich? Sie sieht nur noch seine Augen, wie sie zuletzt waren, so gereizt, und hört auch noch die Türe, die sie zugeschlagen hatte, und weiß nun, daß sie vielleicht alles nie wieder gutmachen kann ...

Nach einer langen Weile stummen Wartens sagt sie einmal, noch immer der arbeitsamen Irene zuschauend:

»Sie haben ihn wohl wirklich geliebt?«

Doch Irene antwortet nicht sofort; sie hat sich inzwischen an den Tisch gesetzt und putzt auch noch den Docht der großen Lampe. Sie sagt nicht, daß sie eben nichts von einer Barbara gewußt habe, oder so. Auch von ihrer eigenen Lage spricht sie nicht, sondern nur von ihm. Daß er doch ein guter Mensch gewesen sei, soviel besser, als er vielleicht selber meinte, und daß er wohl ein glückliches Leben verdient hätte. Wenn man denke, sagt sie ferner, daß es so viele kranke Menschen gebe, die nicht leben könnten, so möchte man doch immer hingehen und allen helfen, die gesund sind, und die leben dürften und aus irgendeinem eingebildeten Grunde trotzdem nicht leben, ja, es sei oft so schwer mit den Gesunden, und dabei sei er doch ein Mensch gewesen, der so gerne leben würde und es auch könnte, wenn er bloß bescheidener wäre, ein guter und unglücklicher Mensch, der es jedenfalls verdiente, daß man ihn wirklich liebt –

Dann, als sie den Docht geputzt hat, hängt sie die Lampe wieder an den großen Deckenbalken, wo ein Haken ist:

»Oder nicht?« fragt sie leise ...

Doch Barbara, die diese ganze Zeit geschwiegen hat, nickt nicht einmal, sie blickt nur immerzu auf ihre beiden Schuhe: sie, Barbara, habe ihn niemals wirklich geliebt, sagt sie dann, und sie ändert ihre Haltung auch nicht, als die Freundin sich erschrocken umdreht, nein, sie mildert ihr Geständnis nicht um ein Wort, und was die Freundin ihr auch einreden oder ausreden mag, es hilft nichts, am Ende weiß sie es doch besser:

Noch gestern abend, sagt sie, habe sie ja bloß geweint, weil sie dachte, daß er es ihr zuleide getan habe. Über ihr eigenes Verlassensein habe sie geweint, ja, und so sei es wohl immer gewesen, all diese Jahre. Immer habe sie es nur auf ihr eigenes Leben bezogen, was er tat oder nicht tat, alles nur daran gemessen, ob es sie fröhlich oder traurig machte. Wenn er einmal krank lag, so war es ihr Unglück, ihr Mißgeschick, ihr Ärger, daß sie ohne ihn ins Konzert gehen mußte, und wenn er Erfolg hatte, wenn man ihn ehrte und lobte, so war es immer ihr Glück, ihr Stolz, ihre Freude, daß sie einen solchen Mann hatte. Alles war ihr zuliebe oder ihr zuleide, was er lebte. Als habe nicht jeder Mensch sein eigenes Schicksal, das ihm gehört, ihm allein, und als sei er nur für uns geboren, als lebte er nur uns zur Freude und litte nur uns zum Schmerz, als stürbe er nur uns zur Trauer ...

Erst nach einem langen Schweigen setzt sich Irene neben sie, faßt ihre Schulter und sagt:

»Aber nun liebst du ihn ja –«

Und das ist wohl nicht leicht für Irene, ein solches Wort, das nach und nach wie ein Aufleuchten über das verzweifelte Mädchen geht.

Ja, noch einmal kommt dann ihre ganze Hoffnung zurück, eine neue und lodernde Hoffnung, als müsse sich nun alles zum Guten verwandeln, da sie sich verwandelt fühlt, und noch dutzendmal kehren an diesem langen Tag, den die beiden Frauen in der leeren und kalten Hütte verwarten, die gleichen Fragen zurück:

Vielleicht hat er wirklich die vergangene Nacht schon im Zelt verbracht? Vielleicht ist er wirklich nach einer andern Seite abgestiegen, wo es leichter war, und befindet sich schon lange wieder im Tal? Und vielleicht wirklich in einem Heustadel, oder sogar bei einem Hirten, der ihm heiße Milch gibt, Brot und Käse und ein warmes Lager ...

»Ja«, sagt Irene nur, »vielleicht.«

Aber dann kümmert sich Barbara immer weniger darum, ob auch Irene daran glaubt oder nicht, und am späten Nachmittag, als endlich einmal das nasse Nebeltreiben aussetzt, da ist es für Barbara überhaupt kein Fragen mehr, sondern ein Wissen, daß sie ihn bringen werden. Sie steht die ganze Zeit vor der Hütte draußen, allein, während Irene drinnen in einer Ecke sitzt. Sogar die Wolken reißen manchmal auf, und wenn auch die verschneiten Grate, die sich einmal für Augenblicke gezeigt haben, abermals im Grauen verschwinden und verschwunden bleiben, so gibt es doch mitunter wieder einen Schimmer, irgendwo in dem Gewölk, das über den Gletscher kriecht, einen dünnen Schimmer, wie Messing oder Bronze, und man kann nicht sagen, daß die Abendsonne durchsickere, aber man kann doch wieder ahnen, daß eine Sonne da ist, irgendwo über den düsteren Wolken, ein großer und blauer Himmel, auch in dieser Stunde, und daß vielleicht sogar die Gipfel in einen klaren Abend ragen –

Indessen dämmert es mehr und mehr, und es wird Nacht, bis der Hüttenwart endlich zurückkommt.

Aber allein.

Und auf ihre drängenden Fragen, ob sie ihn denn gefunden haben, schüttelt er nur den Kopf, während er seinen Pickel in den Ständer stellt und sein nasses Zeug auszieht …

Sie haben bei diesem Nebel natürlich wenig ausrichten können. Auch keine Rufe gehört. Nur einen Rucksack haben sie gefunden. Und als er ihn später auf den Tisch stellt, gibt es keine Zweifel, daß es sein Rucksack ist. Auf dem Sandgletscher hat er gelegen, unweit des Bergschrundes, aber das sagt er natürlich nicht. Wie es scheint, muß der Sack aus beträchtlicher Höhe gefallen sein, und vermutlich schon am ersten Tag, da er noch fast alle Lebensmittel enthält. Auch die Laterne ist noch darin, allerdings vollkommen zersplittert, und alles legt der Hüttenwart auf den Tisch, ein Messer und ein schwarzes Heftlein, das naß und aufgeweicht ist, endlich auch den ledernen Geldbeutel. Und eine Uhr. Aber leider läßt sich nicht einmal ablesen, wann ihre Zeiger stehengeblieben sind, so zerquetscht ist auch diese Uhr, die ihm Barbara einmal geschenkt hat.

Und die anderen Männer werden also diese Nacht noch auf dem Ochsenjoch verbringen, obschon man keine Notzeichen erwarten kann, nachdem man ja seine Laterne gefunden hat, und morgen wollen sie sich in den Bergschrund abseilen, eine andere Gruppe soll nochmals in den Grat einsteigen und die Felsen absuchen, soweit das der Neuschnee erlaubt, und wenn sie auch dann nichts finden, so werden sie wieder zurückkommen und auf besseres Wetter warten, zumal dann, nach vier Tagen, ohnehin keine Hoffnung mehr besteht, daß man ihn noch am Leben findet.

Barbara weint erst, als sie auf dem Lager liegt; sie liegt auf dem Rücken, die Arme neben dem Körper, und so liegt sie ganz still, ihr Weinen ist kaum hörbar, und kein Wort wird gesagt, auch dann nicht, als sich Irene einmal über das reglose Mädchen beugt und es küßt, mütterlich und fast segnend, auf Mund und Stirn und Augen –

Draußen aber stehen die Berge, als sei nichts geschehen; auch die Milchstraße flimmert wie immer, ein Staub zahlloser Gestirne, und die Gletscherbäche rauschen durch die Stille, rauschen ohne Ende.

*

Es ist gegen drei Uhr in dieser Nacht, als man Nagelschuhe hört, die draußen auf den Steinen kratzen; kurz darauf poltert auch die Türe, die einfach aufgestoßen wird, und dann fällt ein Pickel auf den Boden und es kleppert –

Und dann wieder Stille.

Irene ist aufgesprungen, ohne Schuhe, und auch Barbara liegt noch wach, aber eine ganze Weile ist es, als könne sie nicht aufstehen, als habe sie keine Kraft, als halte sie der Schrecken mit dunkler Faust auf dem Lager. Dann erst, als sie einen leisen Schrei hört, den Irene ausgestoßen hat, nimmt sie die Lampe und zündet die Stiege hinunter …

Er steht da in dem flackernden Schein, der ihn blendet, der tiefe Schatten in sein Gesicht wirft, und seine Augengruben sind wie schwarze Löcher, und er steht da wie einer, der aus dem Sarge kommt.

Aber er lebt –

Er lebt, er bückt sich und nimmt den Pickel vom Boden, er kümmert sich nicht um das Staunen, um das Fragen, um das Weinen der beiden verstörten Frauen, er geht in die Küche und tut, als ob nichts geschehen sei.

Ob sie heißen Tee hätten? fragt er nur, und dann will er selber am Herde helfen. Mit der linken Hand. Aber das besorgen nun die beiden Frauen schon, die zwar noch immer vor Angst und Staunen zittern und wie im Traume handeln …

Und auch darum kümmert er sich nicht, daß seine Barbara da ist; er setzt sich nur und reißt dann seinen Rockkragen auf, während Irene das gespaltene Holz einlegt und Feuer anfacht und auch das Wasser in die geputzte Pfanne gießt, und während Barbara noch immer dasteht, als glaube sie es nicht, und noch immer die flakkernde Lampe hält, als könne man diese nicht auf einen Tisch stellen.

Dann knistert es schon, und alles scheint wärmer, aber man kann nicht sagen, wo er hinschaut, wenn er so dasitzt; man kann ihn überhaupt kaum wieder erkennen, nicht nur, weil er einen Bart hat und diese Schatten in seinen hohlen und grauen Wangen, und nicht nur, weil ihm das Haar in die Stirne klebt, die mit vertrocknetem und verkrustetem Blut verschmiert ist, und weil sein Mund so sonderbar ist, so fremd, so schmal und hart, mit einem kleinen Schaum in den Mundwinkeln und auf den Lippen. Noch anderes muß es sein, warum es Barbara so seltsam sagt:

»Daß du wieder da bist – Balz!«

Irene steht am Herd und blickt ins Wasser, das nach und nach die ersten Blasen zeigt ...

Den heißen Tee trinkt er nur sehr langsam, die Tasse hält er mit der linken Hand und verschüttet mehrmals. Essen will er nichts; er schüttelt den Kopf. Bloß einen Zucker läßt er sich im Mund zergehen, während er in die nahe Lampe schaut.

Später erzählen sie ihm, daß Leute aufgebrochen seien und ihn suchen, schon seit gestern, und ob er sie denn nicht gesehen habe, sieben Bergführer –

»So«, sagt er nur.

Sein rechter Arm steckt in der Rocktasche, wie ein fremdes Stück, und er sagt nicht, warum er ihn nicht herausnimmt; und wie es schmerzt, wenn ein Glied abgefroren ist. Er sagt überhaupt nicht, was gewesen ist, auch nicht, wie er dem Tod in die Augen geblickt und was er darin gesehen hat. Er sitzt einfach da, und manchmal ist es, als schlafe er mit offenen Augen, oder als schaue er ins Dunkle, durch alles Licht hindurch, und starre wieder …

»Trinken Sie doch!« sagt Irene, und er tut es, und es wird ihm kaum bewußt, daß sie einander einmal du gesagt haben.

Unterdessen ist auch der Hüttenwart aus seinem Verschlag gekommen; er macht ebenfalls wenig Worte und grüßt den Angekommenen nur. Dann geht er an den Herd und schiebt noch etliches Holz hinein, damit es wärmer wird im Raum:

Ob er denn oben gewesen sei?

Aber er gibt keine Antwort, der Gefragte, er schlürft nur seinen heißen Tee, und lange hört man bloß die tickende Uhr. Doch kann man es auch so erraten, daß er jedenfalls nicht übers

Ochsenjoch gekommen ist, sonst hätten ihn die andern ja sehen müssen. Und wenn er über den Westgrat abgestiegen ist, so muß er auf dem Gipfel gewesen sein, auch wenn er keine Antwort gibt, als habe er die Frage überhört, oder als wolle er nicht, daß man es wisse ...

Später hat der Hüttenwart eine Kerze angezündet und in die rote Laterne gesteckt, wo das Flämmchen langsam größer und heller wird, als er den Schieber schließt, und dann, als er damit hinausgeht und die Laterne vor die Hütte hängt, damit die Sucher sie sehen und wissen, daß der Vermißte gefunden ist, wird es wohl auch Zeit, daß dieser sich endlich zur Ruhe legt; zwar wird es kein Niederlegen, eher ein Zusammenbrechen sein, wenn nach und nach auch sein Körper begreift, daß der Kampf dreier Tage und dreier Nächte wirklich zu Ende ist, daß er gerettet ist.

Irene bleibt sitzen, und es ist Barbara, die ihm dann das Lager macht, die seine Wolldecken ausbreitet und die Kissen ordnet, so wie sie es gelernt hat, und Irene bleibt auch sitzen, als Barbara ihm die gefrorenen Schuhe auszieht und ihn zum Lager führt, als sie endlich die Laterne nimmt und es dunkel wird, wo Irene sitzt …

Aber auch zu Barbara hat er kein Wort mehr gesprochen, während sie ihn zudeckt, und nicht einmal mit dem Kopfe nickt er, als sie ihn nochmals fragt, ob er denn alles habe, was er möchte, und als sie ihm gute Nacht wünscht …

Gerettet sein! – er kann es noch kaum begreifen, daß es wirklich nicht der Tod sein wird, was aus dem Dunkeln über ihn kommt, sondern nur ein warmer Schlaf! Er weiß bloß, wie dankbar er sein will für alles, was nach diesem Schlafe kommen mag! Wie dankbar, auch wenn sie ihm den rechten Arm abgenommen haben, vielleicht auch noch den einen Fuß, wie dankbar für alles, was ihm noch bleibt, und die linke Hand ist ihm ja geblieben, sie kann den Ring tragen, und auch arbeiten kann man mit der linken Hand, wenn man es lernt, arbeiten wie die anderen Menschen, und sogar ein ganzer Vater sein, ein wirklicher Lehrer, auch wenn er es vielleicht niemals wird sagen können, was er in der großen Stille gehört hat; aber es muß schon einen großen Sinn haben, was dieser Stille standhielt, und wenn er auch manches in diesen drei Nächten verloren hat, so nur, weil es vielleicht wenig war, und was ihm geblieben ist, wird viel sein, da er nun weiß, daß es kein gewöhnliches Leben gibt, kein verächtliches Leben, das einfach wegzuwerfen wäre, und daß wohl alles genug ist, was wir wirklich erfüllen.

Dann hat Barbara die Kerze ausgeblasen, so daß es in der ganzen Hütte dunkel ist.

Nur draußen, vor dem kleinen Fensterchen, sieht man noch die Sterne, die nun bereits verblassen, und bald wird es auch grauen. Wie ein großes Löschblatt ist der Himmel, der nach und nach die nächtliche Schwärze verschluckt. Ein neuer und klarer Morgen wird aufgehen, ein gläsernes Leuchten, eine silberne und blitzende Glut, wenn die Sonne wieder über die stummen Berge steigt und über die Täler, wo es grüne Matten gibt und Wälder, die nach Harz und Schwämmen duften, und immer tiefer wird man steigen, an den ersten Hütten vorbei, wo die schwarzen Ziegen bimmeln und wo auch wieder Blumen sind, die im Morgentau glitzern, und wieder wird es ein blauer und nicht allzu warmer Tag sein, ein zarter und goldener Tag, als ob nichts geschehen sei, ein stilles und friedliches Tal, wo man durch Dörfer kommt und wieder Menschen sieht, die dich grüßen, wo die Frauen am hölzernen Brunnentrog waschen, wo alles tätig ist, und an den Hängen draußen werden die Männer stehen und den Roggen schneiden, der inzwischen reif geworden ist, mit schwingenden und leise singenden Sensen –

Ja, daran hat er noch gedacht, bevor er erschöpft und zerschlagen, aber ohne Angst, mit erfrorenen und schmerzenden Gliedern, aber mit neuer Sehnsucht und mit wissendem Herzen in seinen schweren Schlaf versank.

Daß es ein unsagbar ernstes Glück ist, leben zu dürfen, und daß wohl nirgends die Leere sein kann, wo dies Gefühl auch nur einmal wirklich errungen worden ist, dies Gefühl der Gnade und des Dankes.

*Ende*

Peter von Matt

# Nachwort

Oder ob sie das schon Leben nenne, fragt er, wenn man seinen Bart und seine Fingernägel wachsen sehe?

Da begibt sich einer mit offenen Augen in eine Situation, in der die Wahrscheinlichkeit, umzukommen, größer ist als die Wahrscheinlichkeit, zu überleben. Russisches Roulette im Hochgebirge. Er rechnet mit dem sauberen Sieg oder dem sauberen Tod. Am Ende aber steht keines von beiden, sondern ein verstümmelter Körper und ein vom Wahnsinn gestreifter Kopf. Wie ein Toter, der nicht weiß, warum er noch lebt, erscheint er wieder unter den Menschen, sprachlos, die Augen in schwarzen Höhlen, mit einem Mund, der »so sonderbar ist, so fremd, so schmal und hart, mit einem kleinen Schaum in den Mundwinkeln und auf den Lippen«.

Dieses Bild ist wichtiger als alles, was in dem kleinen Roman – im Untertitel als »Erzählung« bezeichnet – dazu noch gesagt wird. Das Bild bedeutet, daß der Dreißigjährige, der sich an den Rand seiner Existenz geworfen hat, nur die Möglichkeit hatte, ein toter Lebendiger zu sein oder eben, wie jetzt, ein lebendiger Toter.

Wenn man diese Alternative nicht ernst nimmt, verpaßt man das ganze Werk.

## *Biographisches*

Der Roman einer Lebenskrise ist nie ganz unabhängig vom Leben seines Autors. *Werther* ist es nicht, der *Tod in Venedig* ist es nicht, auch *Der Mensch erscheint im Holozän* ist es nicht, Werke, die Männerkrisen aus ganz unterschiedlichen Lebensphasen inszenieren: Goethe erzählt von einem Dreiundzwanzigjährigen, Thomas Mann von einem Mann um die Fünfzig, der Max Frisch des *Holozän* von einem Dreiundsiebzigjährigen. In allen Fällen gibt es deutliche Parallelen zur Biographie des Verfassers. Aber wer die Übereinstimmungen nun einfach aufzählt und das Ganze abschließend »autobiographisch« nennt, geht fehl. Goethe evoziert im Rückblick auf eine bewältigte

Krise deren tödliche Variante; der 37jährige Thomas Mann berichtet von einem Lebensmoment, von dem er selbst noch weit entfernt ist; Frisch schildert im Vollbesitz seiner Kräfte, wie sein einsamer Held sich selbst schrittweise abhanden kommt. Der Bezug auf das eigene Leben hat in den drei Beispielen jedesmal eine andere Funktion. Die Diagnose »autobiographisch« reicht also nie aus; es muß nach der spezifischen Notwendigkeit des selbstbezogenen Erzählens im jeweiligen Lebensmoment des Autors gefragt werden.

Zur gleichen Zeit, als Max Frisch dieses – sein zweites – Buch abschloß, vollzog er in seinem Leben eine radikale Wende. Er gab das Germanistik-Studium auf und begann eine technische Laufbahn. An der ETH, der Eidgenössischen Technischen Hochschule in Zürich, schrieb er sich als Architekturstudent ein. Entschlossen schüttelte er eine Existenz ab, die ganz auf Literatur und Kunst ausgerichtet war. Ein Dichter hatte er werden wollen. Nun drohte ihn dieses Lebensprojekt zu ersticken. Aus dem unklaren Gemisch von Poesie und Journalismus rettete er sich in die kühle Rationalität der Architektur, in die »Liebe zur Geometrie«. Auch sein Vater, mit dem er sich nie verstanden hatte, war Architekt gewesen, kein sehr erfolgreicher. Dessen früher Tod fünf Jahre zuvor, 1932, hatte ihn befreit und mit der geliebten Mutter für einige Zeit fast symbiotisch vereint. Daß das Studium der Architektur, das er nun entschlossen durchzog, auch der Versuch einer inneren Versöhnung mit dem Vater war, ist denkbar. Eindeutige Bestätigungen dafür finden sich allerdings keine. In *Antwort aus der Stille* übernimmt der ältere Bruder die väterliche Funktion. Nur an einer merkwürdig versteckten Stelle wird berichtet, daß der Sohn einmal den Wanderstock des Vaters aus einem Bergbach habe retten wollen. Ob es glückte, wird nicht gesagt.

Fest steht, daß dieses Buch, an dessen Ende die Andeutung eines neuen Lebensentwurfs steht, zeitlich zusammenfällt mit Frischs Entschluß zu einem eigenen neuen Leben im Zeichen der Architektur, ihrer Klarheit und Rationalität, zu einem Leben in geplanter und gewollter Ordnung. Über die Architektur fand er nach abgeschlossenem Studium auch seine Frau, Trudy von Meyenburg, die Mutter seiner drei Kinder. Diese

Heirat entsprach ebenfalls dem gefaßten Entschluß. Überdies war sie ein sozial gewichtiger Schritt: der Eintritt eines jungen Mannes aus eher bescheidenen Verhältnissen in Zürichs beste Gesellschaft. Fotos zeigen einen eleganten Bräutigam im Smoking mit weißen Handschuhen.

## *Frischs Ceterum censeo*

Gemäß einer »Selbstanzeige«, die Frisch 1948 für seinen damaligen Zürcher Verleger schrieb, war es eine Frau, die den Anstoß für die Neuorientierung im Jahre 1936 gab. Der Satz, in dem das berichtet wird, ist wichtig. Denn darin taucht ein Schlüsselgedanke auf, der *Antwort aus der Stille* prägt und der als Frischs existentielles Ceterum censeo gelten kann:

> Eine Freundin, als wir das Heiraten erwogen, war der Meinung, daß ich nichts erlernt hätte, was man einen Beruf nennen kann, und sie hatte ja nicht unrecht; auch sagte sie nur, was ich selber dachte; aber es war ein Schock, es

> war zum erstenmal die ernsthafte Vorstellung, daß das Leben mißlingen kann.[1]

Wenn das Leben mißlingt, kann im nachhinein nichts, aber auch gar nichts dagegen getan werden. Es ist ein Ereignis von fürchterlicher Endgültigkeit. In »Antwort aus der Stille« lautet diese Erkenntnis so:

> Er weiß nur, daß es kein Wiedergutmachen gibt, wenn man sein Leben verpfuscht hat, kein Zurückgreifen in vergangene Zeit, kein Nachholen und Verbessern, keine Gnade; er weiß es wie noch nie, daß alles endgültig ist, was man tut oder nicht tut, jeder Irrtum und jedes Versäumnis [. . .].[2]

Wenn mein Leben mißlingt, ist es von mir vertan worden und von keinem andern. Man kann die Schuld weder der Familie noch der Gesellschaft noch dem Erbgut zuschieben. Auch eine Vorsehung gibt es nicht, die insgeheim alles lenken

---

1 *Atlantis Almanach 1949*, Zürich 1948, S. 97
2 In diesem Band S. 58

würde. Jedem Menschen ist sein Leben in die Hand gegeben; er allein läßt es glücken oder scheitern. Das Schicksal ist immer selbstverfertigt. Von dieser Überzeugung ist Frisch nie mehr abgerückt.

Diese Erkenntnis ist von einer grausamen Unerbittlichkeit. Sie unterwirft den Einzelnen einem täglichen Gericht. Die Freiheit der radikalen Selbstverantwortung ist großartig und terrorisierend zugleich. *Antwort aus der Stille* ist die Ballade von dem Mann, der das plötzlich begreift und dem der Schrecken ins innerste Herz fährt. Jetzt muß er handeln, auf Tod und Leben.

### *Grenzen der biographischen Lektüre*

Die Freundin, von der die »Selbstanzeige« berichtet, war Käte Rubensohn, Frischs Geliebte seit 1934. Die Beziehung scheiterte 1938, in der genauen Mitte des Architekturstudiums. Frisch begründet die Trennung mit den Selbstzweifeln des alten Studenten unter lauter jüngeren:

> Mit der Zeit wurde es schwierig, als Ältester unter den fast knabenhaften Studenten herumzusitzen, und aus dem Gefühl, seine Zeit verpaßt zu haben, wuchs eine Minderwertigkeitsangst, die alle Maße verzerrte, die jede Beziehung zur Welt verwirrte. In kurzer Folge scheitern auch alle menschlichen Verbindungen; sie wurden unmöglich in dem Grad, als man ihrer bedurfte.[3]

Hier zeigen sich die Grenzen einer biographischen Lektüre von *Antwort aus der Stille.* Obwohl die Beziehung zu Käte Rubensohn mit Sicherheit auf den Roman eingewirkt hat, kann keine der zwei weiblichen Figuren, die harmlose Verlobte Barbara und die um vieles hintergründiger entworfene Irene, direkt auf diese Frau bezogen oder mit ihr gleichgesetzt werden. In ihrer gedrängten Dramaturgie gewinnt die Erzählung eine eigene Dynamik und löst sich aus dem Lebenszusammenhang des Autors. Schon die Hauptfigur, Balz Leuthold, Dr. phil., Lehrer und Leutnant, dreißig

3 *Selbstanzeige*, a. a. O., S. 98

Jahre alt, läßt sich nicht mit dem fünfundzwanzigjährigen Max Frisch identifizieren, der sein Studium dahinschleppt, als Journalist zu überleben versucht und neben Reportagen auch reizvolle Prosaskizzen schreibt, Feuilletons, wie solche Texte damals noch hießen. Der Held der Erzählung, dessen Vornamen wir erst am Schluß erfahren, ist im äußeren Umriß eher nach Frischs älterem Bruder Franz angelegt. Der hatte Chemie studiert, promoviert und war rasch Leutnant geworden. Die Probleme des Helden waren ihm allerdings fremd; die gehörten ganz und gar Max Frisch.

Wie später in *Holozän*, wo der Autor einen geistigen und physischen Zerfallsprozeß schildert, von dem er selbst noch weit entfernt ist – um die gefürchtete Katastrophe schreibend zu bannen? –, berichtet Frisch im Bergroman von der Lebenskrise eines um fünf Jahre älteren, gesellschaftlich etablierten Mannes, eines »Homme de trente ans«. Damit baut er eine doppelte Erfahrungsebene auf: die gegenwärtige des noch nirgends verankerten jungen Autors und die kommende des im Leben eingerichteten Mannes. Aus dieser Doppelung ergibt sich eine merkwürdige Paradoxie. Sie erklärt einige Schwierigkeiten, die man mit dem kleinen Werk haben kann. Der Schluß, an dem sich der Held zum geordneten Leben entschließt, durch die Begegnung mit dem Tod erschüttert und demütig geworden in der erlittenen Verstümmelung, entspricht dem biographisch belegten Bruch Max Frischs mit der ziellosen Schriftstellerei und dem Sprung in die Architektur, in die bewußte Konsequenz auch von bürgerlichem Beruf, Ehe und Vaterschaft. Was diesem Schluß vorausgeht aber, die atemberaubende Analyse des sinnlosen Vegetierens in der Gleichschaltung mit allen andern, im Herdentrab der Zeitgenossen, in der täglichen Selbsttäuschung durch einen Lebenssinn aus zweiter Hand, an den man nur glaubt, weil es auch die andern tun, diese tobende Denunziation eines öden Daseins mit der erwürgten Sehnsucht in der Brust, die Klagen und Flüche über das tote Leben in der angeblich gottgewollten Ordnung, dies alles, was uns aus dem Werk so wild entgegenlodert, greift visionär über die Lösung hinaus, welche der Schluß anbietet. *Antwort aus der Stille* redet bereits von den Krisen, welche dereinst, nach der Versöhnung mit der bürgerlichen Welteinrichtung, kommen werden. Der Satz, den der junge Mann auf dem Berggipfel zum Himmel wirft, bevor er dort mit der unerwarteten Geliebten schläft, ist mehr ein Schrei als eine Aussage. Man könnte ihn den Lebensschrei Max Frischs nennen, ausgestoßen über alle noch kommenden Jahrzehnte hinweg, alle Ehen und Liebesentzückungen und Liebeskatastrophen: »Warum leben wir nicht, wo wir doch wissen, daß wir nur ein einziges Mal da sind, nur ein einziges und unwiederholbares Mal, auf dieser unsagbar herrlichen Welt!«[4]

Das besagt, daß wir das Buch auf doppelte Weise lesen müssen. Zum einen ist es der Bericht über eine geglückte Selbstfindung, eine Initiationsgeschichte also mit vielen Merkmalen dieser Gattung; auch der Durchgang durch den Tod und das körperliche Gezeichnetwerden gehören zu diesem uralten Erzählmuster. Auf der andern Seite wird hier ein Konfliktfeld ausgerollt, für das es

4 In diesem Band S. 97

nie eine Lösung geben wird und das auch der scheinbar versöhnliche Erzählschluß nicht beseitigen kann. Aus diesem Konfliktfeld werden alle großen Werke Max Frischs hervorgehen.

Was aber das Biographische betrifft, ist hier nachzutragen, daß Frisch tatsächlich zwei Jahre lang nichts Literarisches mehr schrieb und er im Umfeld seines Entschlusses sogar Stöße von Entwürfen, Tagebüchern und Fragmenten verbrannt hat: ein wütender Bruch mit der bisherigen Arbeit. Doch als er 1939, bei Kriegsausbruch, in die Armee einrücken mußte und seine lange Dienstzeit begann, da hielt er den feldgrauen Alltag dann doch nicht ohne Schreiben aus. Er begann mit tagebuchähnlichen Aufzeichnungen, die später unter dem Titel *Blätter aus dem Brotsack* erschienen sind. Diese Form der knappen, im Abschluß frei komponierten Skizzen – ein Ganzes aus Splittern – sollte sich für sein weiteres Werk als unabsehbar fruchtbar erweisen. Er war rückfällig geworden. Die verworfene Leidenschaft zur Sprache hatte ihn wieder eingeholt. Von nun an hörte er mit dem Schreiben nie mehr auf.

## *Heroismus und Heroismuskritik*

Wie sehr dieses frühe Werk auch mit Frischs ganzem Schaffen verknüpft ist, wieviel auch immer von seiner Person, seinem Leiden und Lieben darin angekündigt und aufbewahrt ist, man muß es dennoch als eine Geschichte lesen, die sich autonom entwickelt und vollendet.

In Aufbau und Komposition deutet sich der kommende Meister an. Schritt für Schritt wird die Krise des Dreißigjährigen dem Leser nahegebracht; »Schritt für Schritt« sogar im wörtlichen Sinn, denn das Gehen, das Aufwärtssteigen, ist die zentrale Bewegung, ist Handlung und Symbol zugleich. Zuoberst, das wissen wir schon bald, zuoberst wird sich alles entscheiden. Dort ist das »Ziel«, von dem fast von Beginn weg die Rede ist. Dieses steht fest, die Entscheidung dazu ist gefallen.

Was damit gemeint ist, können wir zunächst an der berg- und klettertechnischen Ausrüstung ablesen. Sie deutet auf eine lange und schwierige Expedition. Erst mit der Zeit aber wird klar, daß es um den Nordgrat geht, eine noch nie durchstiegene, extrem gefährliche Route.[5]

Für die zeitgenössischen Leser bestand kein Zweifel, daß das Wort »Nordgrat« auf »Nordwand« anspielte. Denn als das Buch entstand, näherte sich der Kampf um die Erstbesteigung der Eiger-Nordwand seinem Höhepunkt. Es war ein europäisches Schauspiel, angeheizt durch die nazideutsche Propaganda. Hitler wollte, daß ein Deutscher die Erstbesteigung schaffe. Ein erster Versuch 1934 wurde nach dem Tod eines der Bergsteiger abgebrochen. 1935 starb eine Zweier-, 1936 eine Viererseilschaft in der Wand. Jetzt kam das Wort von der Mordwand auf. Erst vom 21. bis 24. Juli 1938 gelang das Unternehmen einem deutsch-österreichischen Team; die Leistung wurde in Deutschland wie auch in dem seit vier Monaten dem Hitlerreich angeschlossenen Österreich lautstark ausgebeutet.

---

5 Als Schauplatz der Erzählung müssen nach Aussagen im Text die Alpen des französischsprachigen Wallis angenommen werden. Der Alpinist und Autor Emil Zopfi hat aber nachgewiesen, daß die erzählte Landschaft zusammengesetzt ist aus Elementen auch der Innerschweizer und Glarner Alpen, die Frisch von seinen eigenen Berggängen her sehr gut kannte. Emil Zopfi, *Dichter am Berg. Alpine Literatur in der Schweiz*, Zürich 2009, S. 226 ff.

1937, als *Antwort aus der Stille* erschien, war das Thema also von höchster Aktualität. Man wartete auf den nächsten Todeskandidaten am Eiger. Das war dem jungen Autor bewußt. Weil Frisch selbst ein erfahrener Bergsteiger und Kletterer war, konnte er mit Sachkenntnis schreiben. Angesichts der Tatsache, daß die Welt dem Triumph am Eiger entgegenfieberte, ist das Ziel, das sich der junge Mann in der Not seines sinnlosen Daseins setzt, naheliegend. Gerade deshalb aber fällt das Fehlen jeder triumphalen Geste am Schluß ins Gewicht. Von einem öffeSntlichen Echo auf die Erstdurchsteigung des Nordgrats ist nie die Rede; selbst die Bergführer registrieren das Ereignis nur mit einem Achselzucken. Darin steckt eine unmittelbare Kritik des zeitgenössischen Heroenkults, nicht zuletzt des faschistischen. Man könnte zwar einwenden, ein entsprechendes Vokabular komme in dem Buch sehr wohl vor; da sei schließlich von der »männlichen Tat«[6] die Rede und von der Alternative »die Tat oder der Tod«.[7] Aber dieser Diskurs wird nicht durchgezo-

6 In diesem Band S. 18
7 Ebenda

gen, vielmehr wird er im Verlauf der Erzählung reflektiert und kritisiert:

> Sein Wille wird ihn in den Nordgrat schicken, in die Tat oder in den Tod, wie er früher sagte, und dabei fühlt er so klar, immer klarer, daß er ja nicht an die Tat glaubt. Auch wenn er den Berg bezwingt, wird er darum ein andrer sein? Aber wer keine Sehnsucht mehr hat, keine echte Sehnsucht, was bleibt ihm anderes übrig als Ehrgeiz?[8]

Das ist eindeutig genug. Die scheinbar heroische Tat ist ein Surrogat. Sie kann den fehlenden Lebenssinn nicht ersetzen, höchstens die Leere betäuben. Der wahre Sinn würde sich selbst rechtfertigen, unbezweifelbar. Er wäre die Beseitigung jedes Zweifels, die Antwort auf alle Fragen. Der Heroismus der männlichen Tat, wie er im zeitgenössischen Kult um die Eiger-Nordwand brünstig gefeiert wurde, ist damit für das Buch erledigt. Dennoch steigt der junge Mann in den

8 In diesem Band S. 60f.

Nordgrat ein, ohne von der Geliebten im Zelt Abschied zu nehmen. Warum?

Weil er eine Antwort will. Jetzt wird der Titel wichtig, der sich ja auf Anhieb fast betulich ausnimmt. *Antwort aus der Stille* ist aber ein Paradox wie das schwarze Licht oder das kalte Feuer. Was seinem Wesen nach nicht reden kann, die Stille, soll hier reden. Diese Stille ist das ganz Andere, das Namenlose, das über alles hinaus ist. Sie sei »Gott oder das Nichts«, heißt es einmal,[9] und »daß sie einen töten müßte, wenn man sie wirklich hören könnte«.[10] Es ist also nicht mehr Ehrgeiz, was den jungen Mann zuletzt auf den Nordgrat treibt, sondern der Wille, jene metaphysische Instanz herauszufordern, die es hinter allen Erscheinungen, in der Negation alles Seienden, geben muß. Im Äußersten, angesichts des Todes, wird sie reden. Der Gang an die Grenze, das russische Roulette im Hochgebirge, besteht im Akt, das eigene Leben hinzuwerfen um eines einzigen Wortes willen, das wirklich gilt und das es möglich macht, zum Dasein ja zu sagen.

---

9 In diesem Band S. 36
10 In diesem Band S. 86

Zu den unheimlichen Zügen, die diese Erzählung besitzt, gehört die Tatsache, daß es zwar immer auch um die Liebe geht, die Liebe zwischen Mann und Frau, dieser Liebe aber die letzte erlösende Kraft nicht zugesprochen wird. Ohne die Liebe ist das Glück nicht denkbar, und doch bleibt der höchste Einklang aus, der Zusammenfall von Liebe, Glück und Lebenssinn, die im entzückten Paar vorweggenommene Vollkommenheit der Welt, dieser Mythos der nachchristlichen Moderne. Statt einer Begründung steht an der entscheidenden Stelle nur die merkwürdige Zeile aus lauter Gedankenstrichen: ein Signal, daß das, was hier gesagt werden müßte, sich nicht sagen läßt.[11]

Dabei wird hier eine Utopie, die im Werk von Max Frisch virulent bleibt, erstmals nicht nur formuliert, sondern sogar ausgelebt. Es ist die Idee, die der Erzählung *Montauk* von 1975 zugrunde liegt: Eine Liebe zu leben auf Zeit, ein volle, wirkliche Liebe, kurz und herrlich, ohne Verwandlung

---

11 In diesem Band S. 118

in Gewöhnung, ohne Gereiztheit, Eifersucht, Überdruß. Eine Liebe, wie es in *Montauk* heißt, »ohne Schuld«.[12] Verblüffend ist, daß eine Frau, Irene, diesen zentralen Gedanken ausspricht. Sie formuliert ihn mit einer Präzision, die etwas Endgültiges hat und die auch vom späteren Frisch nie mehr übertroffen wird. Irene steht in der Nacht vor dem Zimmer des jungen Mannes und überlegt, ob sie einfach eintreten soll:

> Vielleicht wäre es sehr schön und sehr glücklich; vielleicht würde er nicht einmal fragen, was sie wolle, und würde nur sagen, er habe sie erwartet, oder er sei froh, daß sie komme. Oder man würde überhaupt nichts sagen, sondern einfach miteinander zusammensitzen, ohne Fragen und ohne Reden, womit sich Menschen nur trennen können. Er würde nur wissen, daß sie morgen verreist, daß sie einander niemals wiedersehen werden nach diesem Abend, und das wäre ein Wissen, das ihre Herzen vielleicht freier machte, als sie es jemals wa-

12 Max Frisch, *Montauk. Eine Erzählung*, Frankfurt am Main 1975, S. 189

ren, frei von allem Vergangenen, das auf uns lastet, frei von aller Zukunft, die uns zögern läßt, ein Abend, der ganz und gar der Gegenwart gehörte, dem wirklichen Dasein, und wenn man sich küßte, so wüßte man, daß es die ersten und die letzten Küsse sind, und es wären vielleicht Küsse wie noch nie, Worte wie noch nie, ein Glück, das voll Abschied ist und niemals verflacht werden kann, niemals verwischt durch Wiederholung, eine Nacht, die nur einmal gewesen ist, und vielleicht wäre es für sie, für Irene, sogar noch mehr, noch mehr als eine große Erinnerung, vielleicht sogar das Schicksal, wozu sie berufen ist.[13]

Auffällig ist, wie diese Reflexion nach dem Auftakt in einen einzigen langen Satz übergeht, einen Satz, der nicht enden will, fast nicht enden kann in seiner Bewegtheit, der zu einem mächtigen, pochenden Ganzen wird, weil er selbst von einem unvergleichlichen Ganzen spricht, der Vision einer unzerstörten Liebe.

---

13 In diesem Band S. 63 f.

Tatsächlich werden die beiden diese Liebe einen Tag und eine Nacht lang leben, auf dem Berggipfel, auf den der Mann die Frau führt, und am Fuße des Nordgrats im Zelt, aus dem er dann am Morgen verschwunden sein wird.

Es ist die Frau, die die Initiative ergreift und sich den verschlossenen, brummig unzugänglichen Mann unverfroren nimmt, eine autonome, selbstsichere, um die offizielle Sittlichkeit unbekümmerte Frau. Der junge Frisch baut diese Figur mit erstaunlicher Kunst auf. Zunächst sieht man nur ein Klischee, hübsche Dänin im Berghotel, und erwartet nichts weiter; dann wird man nach und nach überrascht. Denn Irene führt dieses Klischee zuerst tatsächlich vor, sie spielt die aufgekratzte Fröhliche, die immer Betrieb macht und lacht und trällert, aber langsam wird deutlich, daß sie damit eine dunklere Tiefe verdeckt. Die ganze Wahrheit über ihre Lebensnot erfahren wir erst spät.

Raffiniert gesetzt ist der Moment der elektrischen Begegnung. Der Mann fällt in ein Kinderspiel zurück. Er baut im Bergbach noch einmal den kleinen Stausee nach, den er dreizehn Jahre früher genau hier angelegt hatte. Es ist ein einsames und seltsames Treiben. Lange merkt er nicht, daß ihm Leute zuschauen. Als er aufblickt, sieht er Irenes Gesicht und ist »wie vom Blitz getroffen«. Von jetzt an bebt die Spannung zwischen den beiden. Diese treibt ihn zuerst in eine prahlerische Kletterei, später führt sie zur gezielten Initiative der Frau. Die Liebe, die bei beiden auch ein Treuebruch ist, wird beinahe zur Konkurrenz für sein Unternehmen am Nordgrat. Sie beseitigt zunächst den falschen Ehrgeiz des Mannes, dann aber steigert sie noch dessen Willen, vom leeren Himmel eine Antwort zu fordern. Als er zurückkehrt, ist für beide alles anders. Ihre Liebe bleibt die Wirklichkeit eines Tages und einer Nacht.

### *Die Einsamkeit des Einzelnen*

Eindrücklich ist, wie immun sich der fünfundzwanzigjährige Max Frisch gegenüber den dominierenden Ideologien seiner Zeit erweist. Bei einer so radikalen existentiellen Ortlosigkeit, einer so ätzenden Analyse der falschen Sinnvorgaben im bürgerlichen Leben könnten die lautstarken Parolen jener Jahre verführerisch wirken. Aber nichts davon berührt ihn, weder die Verherrlichung von Volk und Heimat noch die sozialistische Weltbewegung, das faschistische Heilsversprechen so wenig wie das kommunistische, auch die damals allgegenwärtige Zivilisationskritik, die mit einem Kult der Natur und des natürlichen Daseins, des bäuerlichen nicht zuletzt, zusammenging, ist ihm fremd. Er spricht von der Arbeit der Bergbauern mit Sympathie, denkt aber nicht daran, sie als das angeblich Gesunde in eine polemische Opposition zur angeblich kranken Stadt zu rücken. Einsam steht der Erzähler in der Verantwortung gegenüber seinem Leben, von dem er weiß, daß es scheitern kann, und das er um seiner Selbstachtung willen nicht scheitern lassen will.

Es gibt bis heute Leute, die über dieses frühe Werk spotten. Einen Heimatroman nennen sie es, weil es in den Bergen spielt. Das ist etwa so dümmlich, wie es die Behauptung wäre, Hemingways *Der alte Mann und das Meer* sei ein kubanischer Heimatroman. Ein Schauplatz macht noch keine Ideologie. Es dürften solche Unterstellungen in den von Denkbefehlen und Denkverboten geprägten siebziger Jahren gewesen sein, welche Frisch selbst dazu bewogen haben, sich von der Erzählung zu distanzieren und sie nicht in die *Gesammelten Werke* aufzunehmen. Gewiß ist der Stil noch weit entfernt vom knappen, hart geschnittenen Duktus, den der Autor in der Nachkriegsmoderne entwickeln sollte. Aber in der Radikalität des Denkens, in der Weigerung, sich vor sich selbst zu verstecken, steht dieser frühe Frisch hinter dem späteren und späten nicht zurück.